追尋青鳥

—莫里斯桑達克作品裡的兒童　　江宜芳 ◎ 著

目　次

第一章　序幕

第一節、召喚青鳥

「青鳥」是比利時籍毛里斯・梅特靈克（Maurice Maeterlinck）筆下，獲得一九一一年諾貝爾文學獎的登峰造極之作，故事中的「青鳥」能為人類帶來幸福。而在本研究中發現，能帶給兒童幸福的青鳥，就是成人的愛，因此將以「青鳥」的意象為兒童內心追尋的最終幸福之表徵。「青鳥」的童話故事是這樣：

一對貧窮的小兄妹在夢境中隨著一位仙人旅行，去尋找能帶給仙人的女兒美滿生活的幸福之鳥：青鳥。雖然歷經重重磨難，最終仍功敗垂成、無功而返。不過神奇的是，小主人翁卻像被符咒開了眼般，突然明白怎麼去看一切事物的美好之處，連破舊的茅屋看來都閃耀光輝了。只是隔壁大嬸的女兒一直想要他籠裡養的小白鴿不成害了相思病，至今不能下床，已多次懇求小主角割愛未果的大嬸又上門來了，出乎意料的是這次小主角竟毫不猶豫將手伸向鳥籠，慷慨忘情自願要將白鴿送予可憐的小姑娘了；也在這一剎那，他驚喜地發現那讓他們穿越千山萬水找尋的青鳥，竟然就在這兒，就

在他的籠裡，就是他的小白鴿。得到朝思暮想小白鴿的姑娘，立刻像得了神力一樣的會跳、會舞了起來。

青鳥，幸福的象徵，人類窮畢其生在生之掙扎中苦苦追尋，兒童也不例外。生活常常不像進戲院買票入座般擁有選擇主權，而是突然發現自己被丟入一個充滿驚駭的當下世界；孩子加入其中時，其實面臨自由中的定命也有定命中的自由。這不令人驚奇嗎？他們必須學著為自己建構生活。耶穌說得好：「只有失落自己的人才會發現自己。」圖畫書作家莫里斯桑達克（Maurice Sendak）書中的兒童也因此才能像卡魯滿德海（Coromandel）的漁夫那樣，口咬著珍珠從海底鑽上來，臉上戴著微笑（奧德嘉・賈塞特，1975：255）。

「青鳥」的作者也叫 Maurice，是一個讓人感到幸福的巧合。現在，讓我們一起飛向 Sendak 的作品世界，去發現能讓兒童幸福的青鳥何在吧。

第二節、青鳥現身

和 Sendak 一樣，我曾有把家裡來訪親戚的形象野獸化的情緒經驗；但他主要是童年時討厭那些大人，我則是稍長時討厭那些猴崽似大鬧天宮的小鬼頭，那歇斯底里的尖叫嘶喊、蠻橫任性的可怕小野獸。因緣際會進入兒童文學領域是我人生的轉捩點。彷彿耳聰目明起來，能欣賞兒童質樸真

誠、原始震撼的力量了。這一來，非同小可，仍是一雙舊有的眼，卻透過一副全新澄亮的心靈去看，那些在教室座位上張口垂涎，嗷嗷等待故事哺育的小孩，如同 Sendak 書中的主角一樣，一個個向我展現著他們獨特真實的內心情感。至此理解了過去為我深深厭惡的狂暴小孩，是承受了什麼，又在展露著什麼。

因為在閱讀工作前線上與兒童遭遇相逢，時刻莫不經歷著「兒童究竟為何？」的衝突，面臨著「兒童究竟為何？」的思考。那騰騰跳躍的身影，奕奕勃發地刺激、吸引著我關注的目光，不知弱小身軀內究竟隱藏的是什麼樣不可告人的強大力量與秘密？只知我的心態一有微妙轉變，觀照對應著的行為立刻誠實現形；嘗試在不斷修正中細細摸索對待兒童的平衡，心裡便多了一份自然而然的關注或偏袒。常在台北街頭，從與我錯身而過不相干的人中，看到無數在大人峻顏厲叱下兒童們受挫委屈的面容、卑微的身軀，我的心便掙扎著要跳躍出來捍衛兒童，告訴大人：「兒童不是你們想的那樣。」

至於兒童真實面貌究竟如何？對已遠離童年，更喪失童年記憶的我們來說，這是無解的謎。但在搜尋論文研究主題時，它卻成為我最重視、最有興趣探索的兒童文學領域「天問」：「兒童是什麼？」也許投射了自我實現或自我欠缺，我選定讓兒童形象鮮明的 Sendak 作品來說話。他描繪的兒

童有股難以言傳的魔力，吸引世界各國、好幾代、無數讀者的心胸起伏共鳴，這當是我們的潛意識被喚醒。

在短短的時間內，Sendak 從備受攻擊、爭議，到成為美國圖畫書最高榮譽——凱迪克獎得主，受到專業權威認定。是一股特殊的氣質：那充滿怪誕的氣息、那文藝復興風的優雅、是那醜陋的「美」、那險要溢出畫面，也許負面但真實的強烈情緒、是那豐沛的生命力、無邊的想像、顯得傲岸強大的兒童……。總之，它們是那樣與眾不同，它們在告訴我們：「兒童是如何如何的。」不可否認他的創作既不討喜又難理解，卻神奇地能在你不見天日的內心底層翻攪起塵沙飛揚，是這直探縱深的力量讓它在我內心幽幽迴響。

透過他，我不想羅列關於兒童是什麼的眾家紛紜版本，我只想探究這樣一個美國史上最偉大的圖畫書作家之一、影響力最大的大師眼中所看待、心裡認定的兒童面貌如何。如果他能引起這般久遠、廣泛的影響，則他以自身對童年深刻記憶的天賦異稟，用他兒時的親身經驗為我們揭示童年的秘密，應具有穿越文化的極大普同性。驚喜的，我發現 Sendak 筆下的兒童們，共同都在發出一聲聲「愛！」、「愛我！」、「我要愛！」的強烈呼喊。如獲至寶，至此突然覺得我終於懂得了 Sendak，感覺到他的脆弱，接收到他拋給整個時代讀者的訊息。突然為他，及為書中兒童，感到深深不捨。

　　他的父母在書中幾乎是完全消失或偶爾出現的，兒童在和父母嘔了氣之後或在夜晚，就開始一場做夢、想像，或內心獨白式的遁逃，以他所在的門、窗邊為出發點展開精神旅行（The sign on Rosie's door、Kenny's window），有的是特別從書名上就指涉出某一個特定地點（Nutshell library、廚房之夜狂想曲、在那遙遠的地方、野獸國），有的則真的去到一個遙遠的他方（Higglety pigglety pop！or there must be more to life、very far away）。他們煞有其事，像進行一場儀式般穿上大人的衣服、配備大人的行頭出走；他們是比例長得很醜的怪小孩，表情、肢體靈活豐富，對成人世界的那一套遊戲規則顯然都很熟悉，也樂於模仿，能當孩子王、能自己克服困難甚至幫大人解決問題，有相當強的獨立、思考的領袖特質。

　　出走的小孩通常在經過瘋狂撒野後，或因情緒得到抒發解決了問題、或因被吃和食物誘惑（有時既威脅吃別人，也面臨被吃的威脅）、或遭到挫折終於理解了對大人的愛，而回到家裡。基本上孩子還是肯定大人的愛的，大人只是一時粗魯莽撞誤傷了幼小心靈而已。故事過程中，反映出的是遭大人忽略、誤解、寂寞的孩子，他們渴望被愛、被重視，追尋一個能被理解傾聽、被溫柔對待的內心理想世界，而這也就是他們默默在追尋的「青鳥」吧！他們是如此有著真實情緒的活生生血肉之軀，有清楚需求，和大人一樣有明顯深刻

的感受力、思考力，而不是駑鈍冷感不懂傷感的。書中的故事貼切反映了他們內心深處渴望理想世界的心聲，只盼成人聽見。

第三節、勾勒青鳥

以 Sendak 在國際的超人氣，台灣針對他的作品卻並無專門論文討論其創作內涵，多半只稍微出現在相關主題研究中，會被拿來做為蜻蜓點水式的參照比較而已；東大兒文所黃孟嬌的《莫里斯桑達克自寫自畫作品研究》屬有限的美學風格標出，市面上對他作品的理解僅止於導讀階段，且限於有中譯本的「三部曲」（《野獸國》、《廚房之夜狂想曲》、《在那遙遠的地方》）作品。當國內文獻付諸闕如，卻有一批愛好其作品奇幻魔力，但礙於繁複隱喻不明其所以然的死忠書迷時，本研究企圖以較完整的深入剖析引導國內讀者理解 Sendak 的兒童特點，認識他書中展現的強大力量為何。

一方面，此論文將成為國內第一本深度解讀 Sendak 自寫自畫作品的參考資料，可供後起研究者站在此基礎上繼續杷梳；對於從事推廣圖畫書工作的老師、故事媽媽或重視教育的家長，也可成為實用的工具書。另一方面，若能讓已然忘懷童年為何的成人能有更寬廣、謹慎的心胸，在對兒童大呼小叫、頤指氣使去命令、「訓練」他們同時，心裡頭多一

絲保持批判、反省、牽制的清明思考；提醒自己不可輕忽兒
童心靈黑盒中難以探測的無窮潛質，讓自己更開放、平等地
尊重兒童，其實這就是研究者在滿足探訪兒童那一片神秘心
靈世界的好奇之外，更大的私心妄想。

　　為了發現 Sendak 不須與他人妥協的真實自我主張，我
從他八十本多為幫別人故事插畫的作品裡，選擇研究他十本
自寫自畫作品，依年代順序拆為不同章節逐一探討：

1. 1956
   肯尼的窗口（Kenny's window）
2. 1957
   很遠很遠的地方（Very far away）
3. 1960
   蘿絲門上的紙條（The sign on Rosie's door）
4. 1962
   小小圖書館（Nutshell library）
5. 1963
   野獸國（Where the wild things are）
6. 1967
   生命不只是這樣（Higglety Pigglety Pop！or There
   must be more to life）
7. 1970
   廚房之夜狂想曲（In the night kitchen）

8. 1976

　你確定你想養狗嗎？（Some swell pup or Are you sure
　you want a dog?）

9. 1977

　七隻小怪獸（Seven little monsters）

10. 1981

　在那遙遠的地方（Outside over there）

　　第二章「青鳥初啼」代表 Sendak 作品初試啼聲時期、
第三章「青鳥展翅」是他技巧成熟聲譽如日中天時期、第四
章「青鳥飛升」是完滿創作生涯的時期，恰好形成階段性成
就劃分。唯十本作品中，有一九六二年 Nutshell library 該套
書四本小書其中一本 Alligators all around 及一九七七年
Seven little monsters，屬於與本論文研究的兒童主題無關，
因此略過不表，實際上分析的文本因此是八又四分之三本。

　　如前所述，本研究內容在意的是 Sendak 圖畫書裡呈現
出來作者本人的精神、理念，他要說的話、他企圖傳達的兒
童樣態。在研究方法上有二個特點：一、為了保持整體圖畫
書情節嬗遞、故事情緒的連貫，將採全書一氣呵成貫穿到底
的深入解讀，避免拆解幾個主題分類片段著墨的淺薄之嫌。
二、對故事情意、旨趣是從圖文共同經營的全面情境去理
解，如同只從一首歌流洩而出的樂音曼妙中感受，不拆解樂

譜段落賞析，削去斧鑿之痕。所以不會單獨討論圖，不會致力於圖畫書的特殊閱讀理論，唯他的圖畫個人特色強烈，不可能忽略。

通篇論文在幾個理論基礎下奠定研究基調：

Sendak 從《野獸國》開始以神話的方法表現孩子情緒掙扎，他將太陽神阿波羅光芒的理性、保守力量，代之以酒神精神陰柔、女性、無意識、直覺、陰暗、原始的的幻想邏輯，帶領我們進入兒童不被文明社會秩序接受的底層世界，挖掘出身為一個完整的人應同時具有陰影力量的一面。這尼采的酒神精神就是以生命力的興旺來戰勝生命固有的痛苦，要求個人與宇宙間強盛的生命意志息息相關，把痛苦與毀滅當作審美的快樂來享受，是一種高度的力感，一種廣義的審美人生態度。這麼看來，生命的有無意義完全取決於生命力（內在生命力）的強弱，是個人所稟承宇宙生命的創造衝動，因而是一種精神素質。此哲學的重要命題是「一切價值的重估」，重估的重點放在批判基督教倫理道德，宣布的主要罪狀便是「頹廢」、壓制和否定生命，使生命本能衰弱。因此用酒神取代基督，用對生命的審美評價取代對生命的倫理評價。

拉伯雷的狂歡節廣場語言，則為我們指陳出兒童心目中不可言喻的私密伊甸園。在中世紀和文藝復興時代，有一個笑謔表現的完整世界同教會和封建中世紀的官方和嚴肅文化相抗衡，它們用另一種態度看待世界、人和人的關係，建

立了第二世界和第二生活，這是一種特殊的雙重世界關係。
那兒的遊戲原則翻轉了「下」與「上」的地位，成為兒童獲
得重生力量的泉源。狂歡節與官方節日相對立，彷彿是慶祝
暫時擺脫占統治地位的真理和現有制度，慶祝暫時取消一切
等級關係、特權、規範和禁令。這是不斷生成的節日，死亡
和再生、交替和更新，面向永遠無限的未來；這是人人共有、
自由、平等和富裕的烏托邦。

　　遵循獨特的「顛倒」、上下不斷換位邏輯，狂歡節怪誕
主義的鄙俗化，把一切崇高的、精神性的、理想的和抽象的
東西轉移到不可分割的物質和肉體層次，即大地（人世）和
身體的層次。恐怖在萌芽狀態中就被消除，一切都轉化為快
樂，這是世界文學中最大無畏的一種作品。對一切怪誕風格
來說，瘋狂這一主題都是個很典型的現象，因為它可以使人
用另一種眼光，用沒有被「正常的」、眾所公認的觀念和評
價所遮蔽的眼光來看世界。

　　在哲人思考生命的關注下，「愛」、「美」、「自由」
等議題，很是揭示了 Sendak 兒童的真實面貌。佛洛姆認為
愛是能力的問題，不是對象尋找困難的問題。如果想學習愛
的藝術，需要謙卑之情、客觀和理性的發展，努力在每個情
況下保持客觀；愛的能力依脫離自我陶醉的能力而定，而這
覺醒的程序需要一種必備品格：信心。在人類關係中，任何
有意義的友誼、有意義的愛，都不能缺乏信心。愛是把自己

委身，而沒有擔保，是把自己完全給予出去，在這種給予中，希望我們的愛能夠在所愛者的心中產生愛。

　　愛是信心的行為，信心小的人愛也小。具有信心，需要勇氣，需要有敢於冒險的能力，需要有接受痛苦甚至失望的心理準備。任何人，如果堅持生活的第一要務是安全穩定，則不能具有信心。當我們在意識中以為我們所懼怕的是不被愛之際，我們真正懼怕的是去愛。愛是一種活動，是自己的能力之建設性運用。如果我愛，我就不斷的、主動的關心我所愛的人，在我醒著的時候，是沒有懶惰餘地的；充分的清醒，是不厭煩、不倦怠的條件；而不厭煩、不倦怠則是愛的主要條件。愛的能力需要以強烈的、清醒的、充沛著活力的內心為其發源地。

　　托爾斯泰也說愛是人唯一的理性活動，能解決人生一切矛盾。真正的愛是要把別人看得比自己更重，愛別人勝過愛自己動物性的個體。它不是淹沒了理性的感情的爆發，而是一種理性明朗、平靜快樂的情緒，這種情緒是孩子們和有理性的人所固有的，因為幼年時期尚未被各種人生的謊言所堵塞；而成年人則只有不為個體目標活著的理性成年人，徹底棄絕個體幸福時才會產生這種幸福平和的感情。理性意識向人指明動物性幸福的不可能，因為人的動物性為了自己的幸福要利用人的個體，而真正愛的感情卻要為了別人的利益獻出自己的生命，只希望讓所有的人都好，更希望自己能使所

有的人都更幸福，想獻出自己，獻出自己全部的生命，為了所有的人永遠快樂和幸福。這就是愛！人的生命就存在於這種愛之中。只有愛的人才是活著，「沒有愛心的，仍住在死中」。

佛洛伊德解讀夢為有意義的精神現象，是一種願望的達成，所有夢均不會是空穴來風，沒有所謂單純坦率的夢。夢的分析工作越深入，就越會相信在夢的隱意裡頭，兒時的經驗的確構成甚多夢的來源。幼兒性欲（infantile sexuality）是好奇心的神聖化，不僅是個體的起源，也是個體後來各種形式的典型；在佛洛伊德早期的著作中，兒童幾乎是憑藉著對性的好奇心而存活下去。性的需求平常受壓抑不會自由地顯現，但在睡眠時就藉千變萬化的「象徵化」偽裝飛向意識世界。

他們可能在夢中自由地浮沉於空中，飛上、掉下、搖晃，飛行的夢好多都是勃起的夢，藉著晚上赤身裸體的夢，人們重溫童年時一大堆幻想實現的天堂日子，肉慾的感覺現在展現了焦慮。夢中一些「巨大的」、「誇張的」東西都是兒童的一大特色。飛艇、木棍、樹幹、雨傘（打開時則形容豎陽）代表男性性器官；箱子、櫥子、爐子則代表子宮；階梯或者在上面走動都代表著性交行為，攀爬光滑牆壁或由房屋正面垂直下來（常常在很焦慮的狀況下），則對應著直立的人體，因為害怕的關係，夢者常常用手緊捉著屋子正面的突出物。

如果陰莖的象徵兩次或多次重複出現，那麼這是夢者用來防止閹割的保證。夢見被野獸追趕，被人用匕首或矛槍威脅，是焦慮者的夢所特有的。

在蒙特梭利眼中，兒童要與周圍環境聯繫起來的那種不可抵抗的衝動，是他對環境的熱愛。當外部環境阻礙兒童正在秘密起作用的內在本能時，我們看到他產生一種沒有原因的絕望：「任性」、「發脾氣」的激烈反應，這會導致兒童心理的失調畸變。發脾氣、抗爭和偏常等表現，是兒童的心靈為自己的需要而大聲疾呼，尋求對自己的保護，但它掩蓋了兒童自我實現的不斷努力，使他不能展示他的真正個性。荒唐的是，成人只知道兒童心理的疾病，卻不知道兒童心理的健康。

造成兒童純潔心理遭受創傷的原因，是由一個處於支配地位的成人對兒童自發活動的壓抑而造成，往往是與對兒童影響最大的成人，即兒童的母親有關。說父母創造了他們的小孩，那是不對的，我們應該說：「兒童是成人之父。」人們最大的問題之一，就是沒有認識到兒童生氣勃勃的心理生活。兒童創造性的工作展現內在衝動的結果，讓人變得具有非凡的力量，像從地球噴射出來的強有力激流，能使人類得到更新；是愛使兒童能以一種敏銳和熱情的方式去觀察他環境中的東西，而他愛的對象是成人。通過愛，兒童實現了自我。

　　一開始，本論述即面臨要大膽明白告示道德箴言般的
「愛！」之主張時，在語言使用上不免難以成為嚴謹學術著
作的風險。但，正如托爾斯泰找到崇高的人類愛、人類善、
人類幸福的磐石準則時，他可以巨大宏亮的聲音佈告他的勸
勉鼓勵而毫不畏懼、毫不謙讓一般，本論述也絕不迴避立
場。自然不是要與巨人並肩，只是說明不可能用詭辯、邏輯
的方式進行本論文推理的原因。「在這個訓誡中看到的，不
是抽象的美麗的思想，而是簡單明白的實際上可以執行的訓
誡，它在執行時，將建立全新的、人類社會的結構……」（托
爾斯泰（著），耿濟之（譯），2000：9）

第四節、青鳥精神

　　Sendak 可能是二十世紀最有名的插畫家、圖畫書作家。
《野獸國》被它的出版商形容為「第一本被認為兒童具強有
力情緒的美國兒童圖畫書」，其實在這之前他已為近五十本
書畫插畫。第一本讓他有效展開在兒童文學界革命的成名作
是 A hole is to dig，裡面幾十個手舞足蹈的墨水筆畫小孩，
不是當代童書中常見的「全然美國化（all American）、白牙
齒」小孩，而是從他對鄰居記憶而來的那種「不可救藥的幻
想小孩」。這些兒童形象就像 Sutherland 在 Children and
Books 形容：「看起來很荒謬，但它們表現出小孩溫和的吸

引力，圓臉小孩邪惡地笑著，或者是不自然的嚴肅，穿著大人的衣服，或者手舞足蹈，像小馬一樣地跳躍著」（黃孟嬌，1998：26）。

而對 Sendak 創作生涯形成最決定性影響的生活時光，是他一九三〇年代住在布魯克林的童年時期。因為猶太籍雙親在第一次世界大戰前移民來到美國，Sendak 全家落腳美國後的生涯就在不斷搬遷的漂泊中度過。長大後，實際地接觸小孩對 Sendak 來說，反而和創作之間並無直接關係，他只是盡情地讓自己耽溺在童年氛圍裡。不知是被祝福或被詛咒，鮮活的記憶從 Sendak 童年記憶活門的漏洞汩汩奔流出來。小時楚楚可憐躺在床上承受麻疹、肺炎、猩紅熱威脅性命的經驗，使他往後不斷在所有書中玩弄著共通的主題變形：「孩子如何度過一天，從沉悶無聊裡倖存，又如何應付憤怒沮喪。」

受到 Blake「純真之歌」、「經驗之歌」反抗 18、19 世紀古典主義合理、節制精神的影響，他筆下的孩子並不屬於田園式空想，反都有自己的危機，再藉由幻想提供的門徑淨化、昇華；以「愛」，而不是以理性的力量來解決問題。透過被翻成十幾種語言賣了幾千萬本的書與全世界的兒童見面，他的代表作《野獸國》更在美國流行文化和全球童年神話中佔了永久地位。每年有數十個學校和兒童團體要求演出個別詮釋版本的野獸國，這些 Sendak 出書時還是小孩的父

母們把他們的小孩帶回來他面前，當自己沒有小孩的 Sendak 看著這些新人類閃著發光的眼睛，再次披上狼服時，外表粗獷的他便再無法抑制住英雄淚花閃動。

Sendak 他必須每天像成人一樣應付大量問題，小而勇敢，而非無聊、經驗空白兒童的描繪，打動了有共同真實情緒的孩子們，也得到來自小讀者們最誠實的評論：「我愛你的書，謝謝你，我長大要嫁給你。」或者是「親愛的 Sendak 先生：我恨你的書。希望你早點死。誠摯地。」（Kovags and Preller，1991：55）。

一九九〇年代 Sendak 創作動力的新方向把他帶到好萊塢，那裡他發展影片並回到戲劇舞台，和 Arthur Yorinks 創立國立巡迴演出公司：Night Kitchen 戲院，開始生產他們的戲劇原作。

第二章 青鳥初啼

第一節、Kenny's window（1956）：

泉

不管是誰

都有哭泣的時候

而且 只有在哭泣的時候

任何人都能成為一座泉

請身旁

親愛的人們

至少

成為你溫柔的森林

～引自窗・道雄《另一雙眼睛》

Sendak 一向最讓成人驚慌失措的作品是《野獸國》，但無論如何那是一九六三年的事，對於沐浴在腥風血雨下成長，習於鹹濕辛辣口味的二十一世紀人類，那只能算是「小卡司」。不過你知道嗎？這些作品已是經過刻意收斂、隱藏原意的低調呈現版，在他背後為書所畫的個人幻想草稿「意

識之流塗鴉，夢的圖畫」裡，那才是連見多識廣的現代人都
得驚嘆「大逆不道」。例如一幅畫在 Kenny's window 之前
的受爭議塗鴉作品：一個發怒的學走步孩子，經歷了一連串
自己狼吞虎嚥的吃，然後也被其他幾隻動物吃掉的冒險後，
哭著回到媽媽那裡，結果她打了他。於是孩子拿出一把手槍
將媽媽射得灰飛湮滅、屍骨無存，然後，做出一個對抗的優
越姿態，轉身對讀者伸出舌頭。這裡終於看出 Sendak 能在
當時代掀起的威脅與遭受的韃伐。而創作 Kenny's window
時，Sendak 正值接受心理分析治療宣洩他「狂暴的憤怒」。
他將這些不敢帶到治療師那兒公開表述的心理癥結強度，與
他從 One Little Boy（治療心理失常男孩 Kenny 幻想的書）
得到的靈感揉合，創造出此書。

　　他不是寫這些書來告訴孩子「有這些感覺沒關係」，而更是給他個人的「一個驅魔行為」，是他自己在這些書裡尋找解答的行為（Sonheim，1991：56~57）。封面上騎著駿馬的小男孩，身體的一半留在月亮高掛的黑夜裡，另一半進入了艷陽懸空的白晝；穿梭迷濛的現實、夢想交界，彷彿在奔赴理想追尋的路上，形單影隻、孤高淒絕。這是標示了主角 Kenny 面臨的處境氛圍。

　　在半夢半醒的神秘夜裡，有一隻詭異的四腳公雞給了 Kenny 七個代表充滿 Kenny 內心，奇怪而富哲理的問題。通常長期的孤獨、深入囹圄或臥病在床、沉默、薄暮、黑夜等，都有助于想像力的產生，在這些境況的影響之下，不需要刺激，就會使想像力發生作用（叔本華，1992：137）。Kenny 就是這樣一個留在自己房裡的孤單小孩，和 Sendak 小時候因病臥床沒有朋友只有許多玩具伴侶的經驗相同；所以他的作品中常常看不到父母，有也只扮演著無能、無足輕重的角色。諷刺地，這裡孩子的童心世界反倒得到最大程度的肆意揮灑。書中提出的問題：

一、「你能在有人反對時在黑板上畫圖嗎？」

　　Kenny 首先就遭到因被棄置在床底一整晚，所以鬧著脾氣的最要好朋友泰迪熊反對。憤怒之下 Kenny 捧擲粉筆「斷成二十截碎片」（就像六年後出現的 Pierre 尖叫：「I don't care！」一樣），後來才平心靜氣，由二個富有行動、外交

禮儀機智的玩具兵獻策，為泰迪熊朗誦他親自寫的抒情詩才彌合它破碎的心。最後 Kenny 得到的答案是：「是的，如果你寫給他們一首很棒的詩的話。」即使要做自己想做的事，在追尋自己幸福的同時，也不要忽略了所愛人的感受，讓他們的諒解與祝福成為努力時最大的支柱。

　　Kenny 是很孤獨的，他和成人關係的不滿足，反映在他和他的玩具上。不管人或玩具都需要得到足夠的愛、充分的關心，就像泰迪熊發現被愛得不夠的時候，怎麼辦？這也是 Kenny 在解答問題的過程中，希望能夠得到的（黃孟嬌，1998：53）。在這過程中，其實是有賴 Kenny 認出一些他與週遭形象的關係本質（特別是與佔了他生活中重要想像力地位的泰迪熊的關係），問題才得以澄清。大人有時候不了解小孩，就好像 Kenny 有時候也不了解他的玩具一樣。

　　二、「什麼是唯一的山羊？」

　　Kenny 告訴山羊他會永遠愛這「唯一的山羊」。但對於山羊希望能繼續吃瑞士山上的花、站在山頂聽牛鈴聲、躺在泥濘裡打滾的需求，Kenny 能提供的卻是美國家裡後院的花、讓牠躺在房屋頂聽街上摩托車「嗶嗶」聲、頸掛漂亮銀鈴乾淨得不沾一點泥土。山羊因此悲傷地說出答案：「那麼唯一的山羊是一隻寂寞的山羊。」發現了這不是他要的山羊，Kenny 原來一心一意只想獨占一個對象時的屏氣凝神、專心致志此時突然得到解放，沿途因尋找既定目標而喪失、

忽略的人生景緻也活躍了起來：嶒嶒山頭、奔騰瀑布因此開始在他心靈引起強烈的撞擊、震動。他變得歸心似箭，立刻發電報告訴媽媽她「唯一的男孩」就要回家。如同人們在尋找真愛的過程一樣，最終發現那只幸福的青鳥不在天邊，只在身旁，就是你的小白鴿。

三、「你能看見屋頂上的馬嗎？」

能看見屋頂上的馬就代表了想像的能力。Kenny 看見一匹寂寞飢餓的馬在月夜的屋頂上，雙蹄踩踏、鼻翼鼓鼓噴氣、嘶嘶啼鳴，披載銀色星光的毛皮像發亮的天鵝絨。但在這失去想像力的世界中除了 Kenny，並無人能聽見馬發出的音響。馬告訴 Kenny 一個故事，Kenny 回送牠一個；馬向 Kenny 扮鬼臉，Kenny 回敬牠一個，於是他們的連結就建立了。馬告訴 Kenny，只要任何他召喚這個他自己想像能量有力化身（馬）的時候，牠將回來。透過動態的幻想進行，書中每一個插曲謹慎地展開著對每一個問題的回答。這裡的答案是：「如果你知道如何在夜裡傾聽的話。」這匹馬成為把男孩運輸到他的想像之星的意義：馬是 Kenny 與本能地創造迫切對他有用的連結（Sonheim，1991：55）。

四、「你能修復一個破碎的承諾嗎？」

一個以為 Kenny 睡著了的雪夜裡，窗台上一個玩具兵開始向另一個玩具兵數落 Kenny 曾讓它們在冰冷硬地板熬過寒夜、把它倆抓在手上互撞得傷痕累累的舊恨，既然 Kenny

說要永遠照顧它們的承諾已破滅，它決定離家出走。另一個玩具兵卻戀戀不捨地回憶起 Kenny 在寒冷夜裡把它們包裹在被窩裡的溫暖、Kenny 假裝找不到他們的躲貓貓遊戲。這時 Kenny 從床上暴跳而起，把「壞」士兵捧到大雪紛飛的窗外。最後，心軟的 Kenny 把奄奄一息行將凍斃的士兵捧進被窩呵暖救活，說：「我愛你」。「即使是把我倆拿來互撞時？」士兵問。「是的。」Kenny 說。

　　以為對方不再愛自己的經驗人皆有之，且因為人天生的安全感不足、自信心不夠，這種患得患失的起伏真是無一日稍歇，上至親人配偶，下至朋友兒女，時刻憂慮著愛的光彩失去、保鮮過期。Kenny 憑想像力自我對話，重新感受到藏在看似無情舉動下仍有情的心，其中映照的豈不是一副寬容慈悲心懷的光輝？當 Kenny 再度對士兵承諾一份永遠不變的愛時，整個房間只剩下時鐘的「滴答」聲。Kenny 在此得到答案：「是的，如果它只是看起來破碎，實際並沒有。」對愛發出抗議，是基於一種渴求而不是背離。

　　愛的承諾多麼沉重而不易。在 Kenny 所承受來自大人的愛裡，肯定也有起伏無常的不確定感，也許這也並不影響他們愛的真摯？情深似海還須義重如山，才能讓一份水裡來火裡去的愛得以穩定深刻。在對玩具保證愛時，Kenny 似乎理解了，也再次對大人曾確保愛的承諾恢復了信心。

五、「什麼是千均一髮的倖存？」

愛狗 Baby 告訴 Kenny，牠曾在某個下午假裝自己是一頭巨象，因為太大而不能睡在他的床底下、不能吃東西因為大象不會喜歡漢堡，甚至再也不能啃最愛的骨頭；但最慘的是牠害怕 Kenny 再也不會愛牠。這裡的答案是：「當某人幾乎不愛你了。」強烈失去愛的恐懼使 Baby 在回憶中瑟縮顫抖，直到牠停止假裝遊戲為止。

六、「什麼看裡面、什麼看外面？」

被困在屋裡的下雪天，Kenny 讓他的二個玩具兵、愛狗 Baby、泰迪熊各據一方擺開下西洋棋的架勢。好不容易挨到雪停，Kenny 透過窗戶往外看，看見對街一個男人抱著嬰兒，試著讓嬰兒看雪：「但嬰兒只是笑著把手指壓在男人的嘴上，而男人吻了這小指頭。」這裡的答案是：「我的窗戶。」Sendak 自小因病困在房間，Kenny 似乎是他這份孤單投射下所塑造的角色，只能靠著無邊想像帶自己離開每日與之為伍的狹窄空間。他被帶到窗邊是知覺的展開：進入，和離開房間。就像窗口也是他自己內在的心理空間，可選擇對內或向外，還可搭起聯繫的橋樑。

嬰兒只將眼光收斂、聚焦在男人身上，似乎使 Kenny 察覺到他所希冀得到愛與自由的終點，其實就是他的出發點；他能得到愛的滿足的內心窗口其實也正是他想要展翅向外高飛的這個窗口；這個窗口可以提供的功能有一體兩面，

存乎一念。Sendak 在這裡密封起觀察者被觀察者、藝術家和
主體、嬰兒小孩和男人之間的關係（Sonheim，1991：55）。
在那具體窗口給予的感動瞬間，他成為藝術家，也得到一份
抽象哲學思考上的提升。

　　經由這些幻想的獨立時刻，不管是他夢裡單純的幻想、
對他房間玩具的想像投射、或他自己的觀察力，結果都是
Kenny 對發生在他身邊事情重要性的意識的升高。雖然沒有
走出房門，但藉著旺盛的心理活動，Kenny 經歷了自我意識
的釐清及對於愛的思考，這不是一個不夠明靜的心靈所能做
到的；如果不是基於對失落愛的深刻憂慮，如果不是擁有強
烈情感的話。

　　七、「你總是要那些你想要的東西嗎？」

　　夢中那個非凡地結合自然界相對事物的象徵化花園，兌
現成一個 Kenny 幻想的兒童伊甸園：「早上在花園夜晚的那
一半數星星，晚上在白天那一半玩，就永遠不用睡覺」，但
現在他已不再希望從他的房間逃離去住在花園了。經過緊抓
著他自己世界裡的問題掙扎，並得到個人化、直覺式的解決
後，他得到的第七個答案是：「我以為我想要住在一邊有月
亮、一邊有太陽的花園裡，但其實我並不要。」至此，那曾
經帶給他限制、現實、壓抑的房間，相反地卻讓他自由了
（Sonheim，1991：55）。

小結：

終於認識到自己內心世界的豐足，Kenny 現在期望的「一匹馬，和一艘有給朋友房間的船」，其實不需依靠別人來滿足，如公雞鼓舞他：「你許了願，就已達成了夢想的一半。」所以這裡不是幻想的結束，正如以想像力召喚馬，公雞把 Kenny 帶得更遠到另一個想像力更有發展的程度。Kenny 必須主動傾聽來自城市的聲音，當他閉上眼睛這聲浪變成一首關於馬的歌，當他陷入恍惚昏睡中，這首歌又再變成一個關於馬的夢。在夢中，他的期望實現了，他騎在一匹閃亮的黑馬背上奔馳大地，到了有寫著他名字的船的海上。

從故事開始 Kenny 坐在床上作白日夢，到故事結束他還是在床上作夢，這個夢好像是超乎他控制、自然產生的；但若非他可能曾經日有所思的掛念，又何來這尋求自己快樂的夜之所夢？因此他作的夢是有主動意義的，以富玄思味道的方式完成，他確實成為一個掌握自己夢的創造力、理解愛的男孩角色。全書對愛的種種思考，比起通常已麻痺到選擇不正視，只突然接受人生一切問題的大人；寂寞中獨處的 Kenny 並不願像蒙起眼睛不見斷崖般滿不在乎的往裡邊跳。他不被外界奪取內心的自主，真正把人的條件做為自己的東西來接受，對自己的存在一直帶著無限的關心而活著──由巴斯葛看來，這才是存在的本來狀態（松浪信三郎，986：59）。

這個小孩充滿沉重內省思考的書，反映的不只是兒童心理傾向，比 Very far away 更深入兒童隱私的情緒世界，和他組織表現出來的幻想，指向一個更寬廣層次的兒童文學問題核心──缺乏有活力的內在生命。Kenny 思考的內容等於統整了所有 Sendak 後來在童書中處理的問題，也預示了他一生關注、思考的方向，發現了他的原型兒童。他的關注逐漸聚焦在兒童「被生命往回拉，但是，以某種方法，神奇地從他們的困擾中找到解脫」的殘酷過程（Sonheim，1991：57）。

第二節、Very far away（1957）：

他說：「因為有一朵我們看不到的花，星星才顯得如此美麗。」

「當然囉。」我說。

我看著在月光下不斷延伸的沙堆，沒有說話。

～引自安東・德・聖艾修伯里《小王子》

一九五〇年代，Sendak 顯然對幻想和它產生的神話治療力量相當有興趣，因為這時他正經歷自己的問題。Very far away 被評論者認為書中情節並不自然，加上有某種程度的說教陰影，及令人失望的插圖，整體說來是較不成熟的作品。它的圖似乎是匆促而沒有可信度的，例如 Martin 的憤怒

只是比繃著臉多一點，既沒有 A hole is to dig 的歐洲風格，也沒有 Sendak 幾年後作品中的視覺複雜度和豐富度。但無論如何，這是 Sendak 在奠定他日後主題風格的基礎。

　　當媽媽忙著幫小寶寶洗澡，因而忽略了在一旁問問題的 Martin 時，Martin 敏感的感受到自己不被重視、遭遺棄而感情受傷了。這樣類似的事件頻繁的在兒童日常經驗中上演。通常，兒童感受和體察愛的能力是十分驚人的，他們完全可以敏銳地感受到父母是否給予了足夠的溫暖和愛。但是，感到自己情感受創的弱小子女並不能表達對父母不良態度的反抗，因為兒童的無能感、恐懼感、親情感和愧疚感，他們必須壓抑自己的敵對心理，這又造成兒童容易把過錯加在自己的身上，感到自己不配得到愛（葛魯嘉・陳若莉，2000：97）。這使他們卑微的渺小感之外更加了一層深重的無價值感，使他們在大人強勢的世界裡茫茫不知去向。

　　而這無力的沮喪感深深擊垮了 Martin，陷入憤怒的他貼上翹翹的二撇假鬍子、戴上高頂牛仔帽、提著皮箱，打扮成有力量的成人模樣，負氣離家出走了。他要去一個很遠的，有人會傾聽他說話的地方。似乎這是一個難以取悅的小孩。當我們脾氣不好時，其實我們暴露出失去自制力，對於逾越（transgression）的極大想望。這時，對於個人理想不為人知的烏托邦想法，會從潛意識的底層流洩出來。所以，憤怒表示了我們的理想主義及自我理想化的存在，同理，憤怒也

顯示，我們生性易受屈辱正是道德的根源（Philips（著），江正文（譯），2000：140）。它揭示了我們是什麼樣的人，我們在乎什麼。

當 Martin 在盛怒中要去很遠的地方尋找他的理想國時，沿途他遇到結伴同行的夥伴：小鳥要去的很遠的地方是一個人們高尚優雅的地方、馬要去的很遠的地方是可以在藍色草堆裡安靜作夢的地方、貓要去的很遠的地方是可以盡情歌唱不被打擾的地方。當他們來到其實只是幾個路口以外的地下室這「很遠的地方」時，他們以為從此將幸福快樂。熟料很快地，他們的需求形成彼此衝突。貓抱怨 Martin 問太多問題害牠聽不見自己的歌聲、Martin 抱怨沒有人回答他的問題、小鳥抱怨他們分貝太高不夠優雅、馬抱怨不能好好地作夢。

然後他們分道揚鑣。劇情急轉直下。站起身，估計媽媽已約莫幫寶寶洗完澡的 Martin 又想著回家後要問媽媽的問題了。這次，如果媽媽還沒忙完的話，他將自己先坐在台階上數過往的摩托車。

小結：

這是兒童依賴幻想處理個人困難的故事。Martin 生氣的沮喪從幻想中找到解決的出口，即使他不能導致他的幻想有滿意的情緒結局，他卻已經帶著一個對面臨處境的新接受度回家，幻想已經幫助他克服情緒混亂的時刻。藉由簡單幻想

情節得到的新接受度使他體會，媽媽的愛並沒有改變，他對媽媽的愛也不受影響，但大人有大人世界的問題須要處理，每個人都有每個人的需求，有時對方暫時無法滿足我們只是因為時間點不對（mis-timing），並不是因為沒有愛。

正如《美學四講》所說：

在愛裡，常常展開著靈與肉、善與惡、理性與瘋狂、理想與現實、失望與希望、利己與利他、歡樂與痛苦、仁慈與殘忍的搏鬥。人處於愛的面前，有時是主人，能夠支配自己的情感和命運，有時則是奴隸，表現出理智和意志的力量完全被情感所擺佈，只能在愛面前呻吟與歌泣，因此，在愛面前，人有時顯得崇高，有時顯得卑下，有時變得很美，有時變得很醜（李澤厚，1999：155）。

這種情形表現在人類生之掙扎中十分明顯，人的基本動力是渴求愛與被愛。身為成人，我們深知自己受盡愛慾之火煎熬的錐心苦楚，卻不免常常忽略了兒童在面臨巨大世界的成長考驗時，更是深切需索著成人以愛扶持。心理學家們異口同聲地指出：一個嬰兒若不被愛就很容易夭折（關永中，1997：228）。佛洛伊德在《精神分析綱要》中形容兒童的恐懼：「他們以擔心喪失愛來換取這種安全；這種愛能使他們不致對外界的危險手足無措。」在交流中顯示與生俱來的無助，然後以害怕喪失愛來支付給他他自己和他的父母親。可

以說，兒童被成人所愛，以致於相信人生值得活（Philips（著），王麗娟（譯），2000：96）。

第三節、The Sign on Rosie's Door（1960）：

> 「當你真心渴望某樣東西時，整個宇宙都會聯合起來幫助你完成。」

> ～引自保羅‧柯爾賀《牧羊少年奇幻之旅》

1948 年夏天 Sendak 從高中畢業，失業在家，意外發現他窗口下一位富領導力、虛榮心、有想像力、有群眾魅力、迷人小女孩 Rosie 的街頭生活。她早熟、善於觀察、喜歡模仿大人，很清楚大人世界運作的遊戲規則，很早就知道自己的興趣與志向，指揮著其他小朋友配合她。一股緊迫的直覺驅使 Sendak 在這段充滿不確定感的人生徬徨期，紀錄下近四十本 Rosie 對話、遊戲、原始口語的筆記本，和畫她所有戲服、態度、舉止的速描簿，這些成為他日後創作的靈感泉源。她和他共同的聯繫在於小時都「被困在一條不適合自己的街上」。

這個夏天 Rosie 似乎正處在交朋友的過程，令 Sendak 著迷的是她串聯她的觀眾的創造力。有一次，她拿著爆炸線過來問玩伴：「你們有聽到誰死嗎？」她開始告訴這些孩子她聽到樓上有跌倒的噪音：家具破掉、喘息、窒息的聲音。

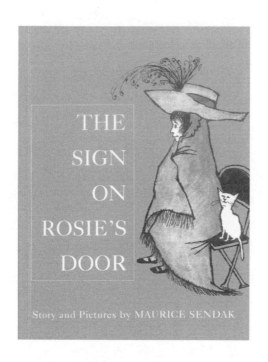

她去調查發現她的祖母躺在地板上，在為她做二次人工呼吸後祖母死掉了。說到這裡，Rosie 的祖母恰好抱著從超市買的雜貨走過來。這個特別的小孩每天運作想像力的掙扎，使她不管在覆述或編造全新電影情節時，都可以緊緊控制住她的朋友們。她是一個藝術家，但也像多數藝術家一樣，她發現自己只是在她奮不顧身想要歸屬的這個社會的一個邊緣人。年輕的藝術家 Sendak 痛苦地覺察到自己和 Rosie 身上相似的邊緣靈魂。

　　多年後他以 Rosie 的故事為基礎，拍了一部精力旺盛的電視影片 Really Rosie。有一次他拜訪一家醫院要求准許拍片時，被請去見一位最愛的書是《野獸國》的快死的小女孩。Sendak 坐在她床上開始畫圖，盡可能畫得很慢給她最多快樂，小女孩挨得很近臉靠在他的手肘，指揮著：「畫上喇叭，畫牙齒」。Sendak 不久注意到一件事，當女孩全神貫注在畫圖，她母親臉上出現一種眼神，這眼神好像說：「她怎麼能如此高興而有活力？當我們全都知道……。」這是個謎樣、困惑、寂寞的眼神。突然，沒有抬眼望，小女孩伸出她的手直到碰到母親，她拿起母親的手緊抱她。

　　Sendak 說，小孩知道所有的事情，而他的書就是要奉獻給像 Rosie 和小女孩這樣的兒童。兒童永遠不會滿足於降格以求的作品，他們了解真正的情緒和真實的情感，兒童不會害怕知道情緒的真實。這本書，Sendak 用來紀念他十二歲時的朋友 Pearl Karchawer 的死。比起活動在家庭封閉圈子裡的 Kenny、Martin 來，Rosie 這個典範的布魯克林兒童，已踏出到一個更大的社會環境，展現她與兒童世界中真實人們周旋的能力，在一個較大社區裡展現關於友誼、遊戲，和幻想的力量。

　　第一章中，這個在家唱大人的歌，穿大人的衣服，用大人的規則去角色扮演，態度神情老成的 Rosie，藉由在門上掛「如果你想知道一個秘密，敲三下」的牌子，把一個陳腔

濫調的童年活動轉換為一個神秘的事件。來訪的 Cathy 敲門三下後進入參與 Rosie 的秘密（secret），亦即神聖（sacred）的事物：她的幻想。在假裝是女歌手 Alinda 的 Rosie 正舉辦演唱會要開唱的當兒，裝扮成消防隊員的 Lenny 卻要來找火撲滅，這一干擾倒是把這場秀澆熄了。當他把消防隊員帽子丟向半空，他已掌握了遊戲的主導；還好 Rosie 很快把這個機會扭轉為她的優勢，創造了另一個以人疊成樓梯的遊戲，並得到頂端的位置把帽子從窗檯上拿下來。

但即使如此，Rosie 的秀（和她完成表演的能力）還是瓦解了，孩子們走開留下 Rosie 一個人。Sendak 把這描繪得很沉重，獨自背對傾倒的椅子，這個有力量的小孩突然間變得脆弱。我們從背後看到她單薄的肩膀，穿在她身上過大的洋裝在她對自己唱著本來要對朋友唱的開朗的歌時悲傷的掉下來，結束她的幻想，試著把她的心情放在「街道向陽的一面（the sunny side of the street）」（Cech，1995：59）。

第二章，Rosie 和友伴們都向父母發出孩子生活中經常面臨「無聊」困擾的悲嘆（這也是 Sendak 童年時熟悉的情境），但大人不是以背影回應：「找事做」、「再找事做」，就是：「找誰玩」，把滿足孩子需求的責任推得事不關己。面對和媽媽之間這司空見慣的小小家庭戲劇，Rosie 乾脆用一個新道具：紅毯子，成為她發揮幻想的媒介。這是一個很奇怪的、瑣碎的事件轉變，在滿版的圖上她把自己從頭到腳包裹起

來，我們感受到 Sendak 含蓄地要求我們認同 Rosie，她如此明顯的沮喪。連退回到一張毯子下自己幻想的靜默裡，都比面對任何人來得好的沉重的時刻，她在等待一個好朋友「魔術人」（Magic man）告訴她該怎麼做而不再迷失。

　　這裡場景極簡，只有一些道具，線條匆促、潦草、未完成，正如它是一場荒唐的戲，但逐漸醞釀成形的旺盛幻想卻能帶來些許安慰；不同於 Kenny's window 褐色單色印刷的淡淡憂鬱、夢幻、內省氣氛。Sendak 放棄慣用的豐富藝術性或精細交叉線畫模型，讓筆觸充滿衝動的急迫性，明確展現了他所描述事件的不挑剔、皺巴巴、不安定、不完美性質。

　　第三章裡孩子大又圓的頭、坐在台階上的水泥缸、太陽、門把、手上拿的氣球，所有充滿圓圈的插畫暗示兒童生活中這種「無窮的循環」，沒有活動力的韻律（Cech，1995：60）。這些大頭、一頭亂髮、身體粗壯、表情誇張、肢體以戲劇化的幅度扭動、腳以突變般不可思議的角度張開的孩子，是 A hole is to dig 中那些歐洲風格兒童的較大版。他們被困得發慌，但很快了解脫離窘局最快的路徑指向 Rosie。她具主動積極行動及思考的能力，是最會創造遊戲情境的孩子王，只要她沉浸其中的世界總是能引起其他人效尤投入。透過參與她主導的想像遊戲後，他們的一天在夜藍如洗的田園詩平靜氣氛中結束。幻想再度成功了。

　　第四章繼續等待「魔術人」出現，Rosie 以另一種計畫
帶領他們與來自幻想王國的形象接觸，連半路殺出的 Lenny
這個程咬金也像其他人閉上眼睛耐心等待，當 Rosie 在毯子
下出神的幻想最終與「魔術人」接觸，他們只聽見她與看不
見的存在對話。在這現代的角色之下，Rosie 其實頗似一種
在原始部落中帶領精神旅程的治療者：巫師，也就像現代社
會中能使我們進入另一個幻影世界航程，給予類似轉換、補
給力量的藝術家一樣。但別忘了 Andreas Lommel 的提醒，
巫師通常是團體裡衰弱或患病的一個，Rosie 也已經歷過處
於一種有弱點、虛弱的狀態；他們都利用這種虛弱的出神狀
態成為一種具轉換象徵，可以使群體心理變強壯的形式，藉
以來進行溝通的自我治療行為（Cech，1995：63）。化病弱
為強壯，化危機為轉機！

　　巫師還會有一個「協助的靈魂（helping spirit）」引導
他穿越幻影的領域，在 Rosie 的古代、非理性品質出神狀態
中，也有她的「魔術人」提供需要的力量和知識來協助她完
成旅程。透過孩子們提出的問題，例如 Lenny 要他戴牛仔
帽，其他人則加上他們自己的渴望：面具、翅膀、藍色斗篷、
耳罩，「魔術人」就是他們個別幻想的混合投射。Rosie 創
造的「魔術人」幻想，因此把她和朋友從七月四日不能放煙
火的失望、無聊中拯救出來。因為，「魔術人」告訴他們：
何不把自己變成煙火。

　　接下來孩子們在頁面上摔進跌出，髮辮和雙腳齊飛，橫跨四頁充滿能量的大爆炸圖，已預示了三年後 Where the wild things are 的瘋狂喧囂。最後，當 Rosie 跳上地下室的門成為這區女主唱，她張嘴大唱「BOOMMBOOMM-BOOMM-！a-WHISHHHH！」他們入迷地跑、跳、叫、喊的能量滿溢在文本上，在這陣行動蹎躓匆促的狂熱後，一路發出爆裂聲回家。我們不得不對孩子驚人的天賦與可愛的生命力佩服、讚嘆！藉由和這個「魔術人」的情感交流，Rosie 靠自己的力量化身為媽媽不肯買給她的紅色鞭炮，而且是世界超大號的，她不再是不能用歌聲留住她觀眾的「迷失女孩（the lost girl）」Alinda，她又再次成為有力量的。這個象徵意義使 Rosi e 成為 Sendak 的原型小孩始祖。

　　最後一頁 Rosie 回家，已不再生氣，就像後來所有小孩 Martin、Pierre、Max、Mickey、Ida 都從幻想得到滿足，並準備好面對日常生活的另一個創造力挑戰。這時，拒絕幻想的媽媽以「I don't believe that」揶揄她，並試著在這剛結束的爆發性幻想之後溫和地把她帶回現實，但 Rosie 對幻想的衝動是不屈不撓、用之不竭的。書末她媽媽發現她「蜷曲在地毯上」，假裝是她的貓 Buttermilk，她的貓則睡在她的床上，然後給另一個世界做最後的道別，她用一聲「喵」回答了媽媽最後一個問題。

　　遊戲結束了，故事說完了，其他人回家吃飯了，但這藝術家仍停留在她創造的心理空間的一部分。像巫師一樣，她逗留在精神世界一會兒，不能完全解開連結她和那個奇怪、幻想領域的絲線，像其他人一樣的跑回家。這個幻想家、巫師、藝術家，藉著持續實行那幫助她經受書中危機的天份，做到對自己自始至終的真實，得到精神的高昂滿足，不但幫助了自己，甚至還幫助了別人；不是阿Q，是有能耐不假他求、外援，而尋求到內心平靜的自給自足人格。Sendak拋開大人對 Rosie 幻想的評判，表現了對這個小孩完整性的欣賞，及藉由兒童自我經驗的有效性所解決的基本生命問題：「無聊與個體不完整感」。

　　小結：

　　怎麼說呢？孩子在日常生活中事事被成人操縱，握有情境控制權的成人，可能會也可能不會為幼兒設想，這些孩子會是什麼感受？他們被困於停滯中，卻仍極力不肯妥協降服，不斷尋求自由和解放的生之力，總是下意識或無意識地，不斷從內部灼熱了心胸，如烈火般地在他們心靈的深處燃燒（厨川白村（著），林文瑞（譯），1989：6）。於是在想像遊戲中反轉真實生活，重複扮演這些角色，捕捉他們真實情境中所沒有的控制經驗，遊戲精神因此對兒童極其重要。因為迫切想要表現自我的個性，這時便產生出所謂「生之喜悅」，真正具有創造性的生活來。

　　席勒《審美教育書簡》闡釋得好：「在人的一切狀態中，正是遊戲而且只有遊戲才使人成為完全的人，使人的雙重天性一下子發揮出來……說到底，只有當人是完全意義上的人，他才遊戲，只有當人遊戲時，他才完全是人。」（彭懿，1998：30）Rosie 的遊戲性十足。朱光潛在《消除煩悶與超脫現實》指出，超脫現實苦難和解除煩悶的好方法是藝術活動，這裡大量需求的想像力即為一種藝術活動。C.威爾遜在《夢想的力量——文學和想像力》表示這不是逃避現實，是一種相信夢想的力量。它常依賴兒童具備的不安、驚異特質來當最好的推進燃料，可以喚醒意志，支配肉體，突破外在社會生活的強制。

　　因為陳腐習慣的惰性阻礙了人的視線，需要想像力加劇日常和魔術世界間那道縫隙的擴展，在與日常斷裂的體驗中，我們的現實因此被映照、重建或是說腐蝕。擴大了現在的意識，可預測相當長距離的未來，與未來的目的聯結。這是為什麼 Rosie 從幻想走出來以後，可以以全新的開闊自信去面對如常生活的另一番磨練。

　　想像力可以開拓視野，加深對世界的認識。幻想文學中深邃而熠熠閃耀的核心——自然與超自然本為一體的宇宙觀，隨著理性時代來襲後可說喪失殆盡；如今女神、魔怪、巨龍重新登上舞台，已使我們尋回幾被忘卻的宇宙根源，把我們從自我中心主義中解救出來，進而清晰地窺見自己內心

姿態產生改變。幻想讓我們接觸到人類自身稱之為宇宙部分的原型，讓我們知道了在這個世界所處的位置，寬慰了空虛，也把我們從絕望中拯救出來。想像力，實在是一種強大、積極的力量！Rosie 也是。

在《兒童遊戲——遊戲發展的理論與實務》中說得很清楚，當孩子王所需要的社會遊戲能力如：輪流、合作，經研究發現同樣有助於獲得並鞏固社會技巧，玩團體戲劇與孩子在同儕間受歡迎的程度也息息相關（Connolly & Doyle，1984；Rubin & Hayvern，1981）。狂野嬉鬧的遊戲（rough and tumble play）也被發現與兒童社會能力及同儕地位有正相關存在，當孩子玩愈多狂野嬉鬧遊戲，他們的認知能力及人望愈高（Pellegrini，1995）。因為這種在意識上將自己的真實角色轉移到所扮演的角色，可以加快孩童脫離自我中心過程，對提升他們觀點取替能力及其他認知技巧大有助益。

Erikson 更說遊戲將過去、現在與未來整合成一適應良好的模式：解放不安焦慮的過去、重視現在、期望未來。兒童的遊戲主題常來自其創傷經驗，他們有想溝通、自白的需求，然後以遊戲的方式海闊天空的重新表達，甚至不用擔心玩這些行為有何後果產生。這當中能獲得人類發展最主要的希望之感、內在信心，輝映出他們預期要成為什麼樣的人，從中獲得自我表達的歡樂。這種經常為成人輕忽的能力：幻想，令兒童發展出較高層次的想像力、正面情緒、專心、社

會互動良好，較能安然捱過強迫性的等待或活動之延長，有較好的控制衝動及延遲獲得滿足的能力（Johnson 等（著），吳幸玲等（譯），2003：200）。他們熱情無限地運用此天份在處於劣勢的情境中求知、求生存，重要性不容小覷。

　　在相信、疑心；懦弱、大膽所有二重性中間矛盾的人類，就像巴斯葛形容是會思考的蘆葦，因知道自己的悲慘而偉大（松浪信三郎（著），梁祥美（譯），1986：58）。成人遠離童年後被幾十年的滄桑生活折磨，對生活已發展出一種偷安怠惰的「無知」、「不關心」心態，兒童卻能喚醒成人所喪失曾對自己本身存在不安憂懼的思考，讓我們從睡懶覺的柔軟枕頭上驚醒。

　　Rosie 全心投入、物我兩忘的美感經驗，就是叔本華在《意志世界與意象世界》說一個人憑心的力量，不受理由律、抽象理智控制，把全副精神沉沒在所覺物裡面至二者融為一體時，這原本的某某人便成為一個知識主宰了（宛小平，2002：30）。靠外表的美醫治了現實的創傷，只有泯滅意志，逃到表象的世界中去，才能擺脫意志世界的衝突和苦難。

第三章　青鳥展翅

第一節、Nutshell Library（1962）：

「寧靜與自由」對於詩人是不可或缺的，由此才能展現和諧。……是創造力所需要的寧靜。不是那種幼稚的愛做什麼就做什麼，那種玩弄自由名堂的自由，而是創造的意志——那種秘密的自由。

~ 俄國詩人布羅克（Alexander Blok）

當大部分作家、插畫家都在找尋一種更當代的風格，以便與當代童書基調中擴張、進步的進程相一致時。Sendak 卻如同他一生所做的，忙著沉浸於歷史習俗，回顧那久被遺忘，也許可竊為己用的插畫方法，以及他可能可以重新在他作品中恢復的已枯竭衰敗的形式（Cech，1995：81）。似乎沒有任何怕被影響、喪失原創性的擔憂，他堅持，他不是一個改革者而是觀念的借用者，一個為風格和元素做變形的笨工匠，一個奠基於藝術、文學歷史而來的反常、折衷、自學式隨筆去混成作品的創作者。因為對學校的反感，他依賴直覺和自我教育。

　　書盒邊緣裝飾的種子之王——橡子，它的雙關典故是，不只會長出大橡樹，也會有堅定的人長成。雕刻在舞台邊柱的橡樹枝和葉子、底部的笑臉格子，是 Sendak 小時在布魯克林和紐約區舊戲院看到的舞台建築，也是他在一九五〇年代收集研究的十九世紀童書鑲邊方法。盒子正面是小孩和獅子一起讀書，背面有一碗熱雞湯粥，隱喻著書同時是滋補身體和心靈的營養品。本部迷你盒裝套書共有四小本，除其中一本無法討論本研究之兒童主題，故予以捨棄外，其餘三本詳述如下：

One Was Johnny /

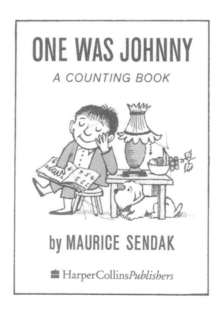

　　封面桌上有一盞檯燈、一個放滿水果的碗，桌下是忠狗（即 Sendak 的 Jennie）耐心地等著。Johnny 的身體、頭、燈、狗形成圓滿的循環，被方正的邊框圍繞，這是一個完美、和諧的古代曼陀羅象徵；既對應了 Johnny 的數字價值（one），也有基本完成性、自我中心認同、不能回復的完整性，一個奇特翻轉的十九世紀結構。Sendak 一再告訴我們，所有他的小孩都「是真正的我」。書中 Johnny 一個人在房間安靜而滿足地閱讀，就像 Sendak 小時一樣。從他悠然自得的神態，使我們感受到他內在一方自足的天地。這是他的空間，他的宇宙！

　　這時三十歲出頭的 Sendak 就是自己一個人住在格林威治村，好不容易離開父母自己住，開始過他喜歡的與世隔離、討厭被闖入的生活。客人造訪他郊區的家會明顯感受到他的自我防衛：答錄機永遠開著，仔細篩選每天接到的數十通電話。首頁看似天太下平，Johnny 神遊在書中世界，其實內心已有不安欲念蠢蠢醞釀，右頁的完全留白，似乎充滿匍伏伺機的威脅。果然，安詳簡單的空間逐漸被他耽溺專注想像出的動物角色塞滿，驚擾了他原有的安詳。接著是孩子利用大腦活動為平淡呆板生活激發出的樂趣，主角倘佯其間忽悲忽喜好不刺激。

　　首先是一隻老鼠突然跳到他的架上，使 Johnny 錯愕。然後一隻伸爪的野貓從窗戶跳入，驚嚇了 Johnny。下一頁門

打開，一隻白狗冷靜地在 Johnny 地毯上佔了一個位置，Johnny 不知所措。現在門外進來一隻烏龜爬過地板咬了狗尾巴，貓已經看這場秀看得打哈欠。這時一隻猴子進來，Johnny 完全無助地抱著頭。然後情況越來越糟，一隻黑鳥啄了可憐 Johnny 的鼻子。然後更荒唐，一隻老虎進來賣舊衣服，一個小偷進來拿走一隻舊鞋子。Johnny 的房間已經完全被這些從「外面」幻想世界，未知可能性進來的角色塞爆了。

　　這個天外飛來一筆創造的局面，數到十時，Sendak 要讀者和 Johnny 一起思考：「Johnny 要怎麼辦？」既然讓這些生物進來，Johnny 就必須用自己的力量再使牠們離開，收拾他活潑想像力的混亂後果。從化外之境出來，因為足夠的幻想控制力，沒有讓自編自導吹皺春水的一場戲碼淪為失控。現在他宣布：

　　　我將開始（I'll start）
　　　倒數（to count backwards）
　　　當我（and when）
　　　數玩了（I am through）——
　　　如果房子（if this thouse）
　　　還沒空（isn't empty）
　　　我就吃掉（I'll eat）
　　　你們全部（all of you）！！！！

　　用了和隔年將出現的 Max 一樣的威脅方式，對屋子裡不速之客產生戲劇性的影響，他已經發現如何逆轉被動、迷惑，成為他自治的力量。Sendak 沒有讓成人來幫兒童脫離情緒障礙。相反的，他信任兒童自己解決問題的能力（像 Kenny、Martin、Rosie）：如果正數到十帶來非預期的麻煩，那就用倒數把牠們送走。他已經可以「呼之即來，揮之即去」的隨意召喚、遣散想像的朋友。Johnny 老神在在地竊笑，客人一個接一個離開，展現了故事的韻律和張力。要保持一個人的神聖領域，不被唐突或諸如害怕夜晚的焦慮力量衝擊、侵入孩子受保護的環境，這是一個問題。就如成人也會被挫折無助的感覺侵入個人空間，大多數讀者對這種闖入應該能感同身受。

　　許多人害怕獨處，害怕自己做主、自己設想。但獨處與參與對我們的快樂與生存都非常重要，有同等的存在權利。如果缺乏自由自在的獨處空間，我們就失去做為自主個體的意義。書中最後說「一是 Johnny 自己住，而且就喜歡這樣子（1 was Johnny who lived by himself，and liked it like that）」。這個沒有故事性的故事，是關於一個小孩起伏盤旋的情緒波動後，又回到曲終人散享受獨處的平靜。他不是人家說的「甜美的」小孩。他有屬於他的時刻，人家視他為好動、玩樂、常常對生活環境做出強烈反應；他也有他的心情，生氣、瞬間暴怒、快樂地轉而進入幻想，他展現了一種特別強的幻想能力。

Chicken Soup with Rice /

　　一本 Sendak 用來讚頌營養好喝雞湯粥的月份書。當超愛雞湯粥的主角在每個月份，不論何時何地作任何事都想著、念著他的雞湯粥時，他已經用了許多奇特的想像力，為每個月份建立了強烈特徵化的印象，這屬於孩子的創意也在行事習俗觀念上帶來新挑戰。每個月份他都帶入一個反常的元素：雞湯粥。例如一月，這個 Sendak 原型的小男孩 Johnny 在鄉村池塘很滑的冰上，雙手高捧一個湯碗以便啜飲熱雞湯粥，一隻冰刀刃不穩地平衡，唱著：

吃一口（Sipping once）
吃二口（sipping twice）
啜飲著雞湯粥（sipping chicken soup with rice）

　　二月，不協調的畫面是，為了他的雪人週年慶祝，小男孩寧願選擇一碗湯勝過一片蛋糕的誘惑。三月，連風都呼吼著要喝更多湯，對讀者展現了這湯可以多有力量。六月，一群垂危的迷人玫瑰花，在小男孩以寓言的方式淋上雞湯拯救後恢復活力。他的幻想得到合理化，並強調了雞湯的補藥品質。當然這是來自 Sendak 的根——歐洲斯拉夫的觀念。東歐民族相信湯（特別猶太人的雞湯）是整年的營養提供者，並最終是基本的人類滿足。對大部分美國人而言，一九六〇年代的湯鍋已經被丟進廚房棄物堆裡，在他們的成長過程並沒有一個祖母、阿姨，或鄰居，永遠在爐子上燉煮著一鍋湯。最後 Sendak 給的「一年到頭都是喝雞湯粥的好季節」建議，明顯是舶來品。

　　Chicken Soup with Rice 裡的烹調製作和吃，是人類社會的馴良、文明化演變，書中充滿用餐室和廚房、溫馴的植物、亭子、玫瑰花園，以藤蔓描繪當作圍繞的邊界，也表現了 Sendak 作品中難得一見，謹慎讚揚的家庭秩序空間。書末他進一步以食物（雞湯）當做萬聖節樹上掛的禮物，傳承不息的祖先精神，與他作品中一貫的未開化、積極、狼吞虎嚥本能對照，這是屬於家庭的、文化的平靜秩序場景（Cech，1995：96）。

Pierre /

　　這是一個令人會心發噱的典型小孩與大人拉鋸的故事，它不是一場像野獸國 Max 面臨的那種戰鬥，卻以一種拒絕、不合作的態度磨盡大人的耐心，測試出大人的底線。封面上 Pierre 撩撥著一頭獅子的玩世不恭、漫不經心態度對成人是很大的挑釁；蝴蝶頁中父母低聲下氣圍繞著生氣的 Pierre，那種曲意討好的無奈更熟悉傳神得令人哭笑不得。用韻文的節奏，說著一個古代教訓文學形式的懷舊故事，Pierre 的反叛是一個小孩在建立個人認知及口頭、自我中心

自治的過程，大人藉此教導給年輕讀者道德倫理，以免他們不慎用煙火炸燬自己、在船難中溺斃，或掉下屋頂摔死。

　　從小孩一天中最普通的行為起床開始，媽媽親密地說 Pierre 是她「心愛的孩子」、「唯一的快樂」。Pierre，頭髮翹翹，不屑地擠眉弄眼，從嘴角噴氣說：「我不在乎！」我們都有過看什麼都不順眼的一天，不管父母或愛我們的人多誠摯關懷，這種無情尖刻的反應就快又堅決地拒人千里之外。Pierre 是處於真實的童年，並且是可能有些行為無理好鬥、心情震動的五、六歲小孩，因為他有和自己內在以及和世界外在的戰鬥，有時會猶豫、無所事事晃蕩、不夠果斷，有時又臭又硬像個石頭，容易耍賴發脾氣。

　　是什麼讓一個孩子在美好的清晨醒來就充滿火藥味？其實孩子無一日不面臨的是他內在宇宙混沌不明的爆發力，與外在條理、冷靜現實世界適應、交戰時所產生，生命秩序錯亂的深深恐慌感。也許 Pierre 不知道自己究竟為何生氣，為什麼生氣也不重要，重要的是憤怒不是完全消極，它表示我們的理想主義及自我理想化的存在，當我們感到羞辱時，就表示某件事物對我們有多麼的重要。一個不知恥辱為何物或是不受恥辱影響的人，怎能知道什麼叫做好的生活？我們因為憤怒而產生的背叛行為及滑稽舉動，很笨拙且很不合時宜地透露出我們在乎什麼的這個真相（Philips，2000：141）。

我們的怒氣顯露出我們重視的道德何在，彷彿是一種神秘的個人宗教，它的珍貴價值只有當這些價值受到擾亂時我們才會發現，由此了解我們最重視的是什麼。也就是說，你需要什麼事物來保護你對生命的熱愛。在憤怒之中，我們使我們的存在被感受到。我們的騷動狀態就像是具有提醒功能的事物，是一種生命的標誌。

Arnold Gesell 和 Frances Ilg 解釋兒童發展，當兒童被「發展中的口是心非」影響，會產生他的察覺的兩級化，迫使他擺盪在表達的極端之間。此刻他側身在母親身邊說「我愛你」，但下一秒鐘他可能說「我恨你，我要打你」。他的「二者擇一」的窘迫是很深的，他身處一個必須在矛盾中調停的十字路口。當他做錯事，他被說壞，但問他為什麼做壞是沒有用的，他還無法清楚區別，還沒完全澄清，他處在一個新區域，他還沒有對衝動和人際關係的掌握能力。常常他就是會發出口頭攻擊的飛彈，射在老師、朋友、父母身上，像「我不要」、「我要叫了」、「我要打你」，或者像 Pierre 律動的吟唱：「我不在乎！」（Cech，1995：100）

在連續的短章節裡，Pierre 拒絕媽媽把他從矛盾狀態帶出來的企圖，什麼都不要。她嘗試給他食物（「一些可愛的／燕麥奶油」）、責罵他（「不要反著坐／椅子」；「你表現得／像個小丑」）、跟他講理（「……我們要／去鎮上」）、把他一個人留在家讓他焦慮不快樂的精巧心理手

段(「你不要／來嗎？親愛的……你寧願／留在這裡嗎？」)
Pierre 都簡潔不能屈的回答，無聊、苦悶地重複：「我不在
乎！」常常孩子對親長權威的自然反應就是反抗，因為社會
與父母權威有意破壞孩子的意志、自發性及獨立性，而他並
不是生來便該遭受破壞，所以他要反抗他父母所代表的權
威，他要爭取他的自由，這不僅是為了掙脫壓迫，而且要使
自己成為自由的主宰，成為獨立的人類一份子，而非一具自
動的玩偶（佛洛姆（著），孟祥森（譯），1989：145）。

　　如果孩子反抗不幸戰敗，他留下的傷痕最重要特色就是
一個人創造力與自發性衰弱或癱瘓的現象。自我衰退，代之
以虛假的自我，喪失了「我的存在」的感覺，成為他人寄以
期望的總和。靠著符合他人的期望，靠著和他人沒有什麼不
同，一個人就把對自己身份的懷疑壓制下去，同時，得到了
一種安全感。然而，他所付的代價也是很高的。放棄自發能
力與個人的特性，其結果是生命的挫折。一個人破壞性的程
度，就等同於對自己所存的敵意，也與他創造力智能受阻
礙，所產生對別人的敵意程度成正比。

　　唯有人不抑制他自我的若干基本要素，唯有他對他自己
聊如指掌，唯有生命的各個不同角度都能獲致基本的完整，
自發性的活動才是可能的。自發性活動是出於自由意志的自
我活動，是創造性活動的能力。一個以自己的思想、感覺、
作為來表現自我的人，就是藝術家。小孩子也有自發性。他

們有能力可以去感覺和思想一些真正屬於「他們自己」的事。在他們所說的和所想的事情上，在他們臉上所表現出來的感覺上，顯示出這種自發性。

Pierre 毫不掩飾的憤怒鄙夷，在沒有具體外來衝突對立下，漸漸轉為一種幾乎是冷靜、被動，較弱的應對力道；但缺乏足夠的理智與勇氣走出來，只能無能地執拗任性，陷入為反對而反對的狀況。當媽媽把手插在臀部，開始對他的不合作行為失去耐性生氣時，Pierre 還是酷酷的在狀況外，用桌巾包住自己，把吃燕麥的碗放在頭上當盔甲，拿著掃帚當戰士長矛，使自己比媽媽高。如果有必要他已準備好打仗，但某種程度，他閉上的眼睛和放鬆的嘴唇，暗示他已經知道她將如何處理這種衝突：放棄這場戰爭。而她的確是。

下一章 Pierre 的爸爸來了，嘗試一種更直接、對抗、男性的方法，充滿黷武、權威元素的急躁，命令 Pierre 正立，威脅把他趕上床睡覺。其實 Pierre 已經沒什麼怒氣了，但卻讓自己耽溺在這無止盡的循環當中，開始蓄意地玩弄別人，不管後果，堅定地停留在自己毫無彈性的頑固裡並控制了整個情況。他在椅子上倒栽蔥地和爸爸講話，並開始手舞足蹈自顧自玩起來，用他的三字箴言回應爸爸講理的企圖（「我在想／你看得出來……你的頭在／應該是你的腳的地方」）。

Pierre 再次了解在這特別的遊戲裡，他可以固守在這曖昧的狀況然後連爸爸也會舉白旗投降，爸爸最後雙手交握簡

直像在懇求 Pierre 離開他的矛盾狀態。Pierre 也未必不想和父母到鎮上玩，但他對這朗朗上口的魔咒吟唱旋律已經上癮，捲在情緒化的漩渦當中無法自拔，還頗洋洋得意大家都被他的無意義吟唱擊退，實際他失去的是自己的利益。Sendak 解釋像 Pierre 這樣的小孩，你不能隨他涉入太深、步步進逼，但也不能以反常、譏諷心態看待孩子的行為，否則這種嘲笑將會錯失、小看了孩子的心情及他與雙親彼此的立場。信任孩子情緒的力量，他只需要時間靠自己走出來，很快的離開這場無聊的意氣之爭。

自古以來，動物為了維繫種族生存，都不會阻礙其子女能力的正常發展，只有人類具有古希臘人稱為「惡魔的愛心」的這種奇異力量（久德重盛（著），陳蒼杰（譯），1987：31）。「愛」對於孩子而言，絕不是羅曼蒂克，也不是夢幻；如果這父親看來似乎疏遠、無能，這父親必定已經投入很多，並已經學會不要逼迫這個小孩，他簡單地默認並很快的接受了 Pierre 的心情。沒有像 Max、Mickey、Ida 一樣引發情緒的事件，Pierre 只是單純像 Gesell 和 Ilg 描述的，小孩在特定發展狀態下一旦下定決心，很少可以被改變，他們不斷在陽光面和陰影面之間滑動互換，易感善變。Pierre 因為沒事做便繼續行走在這冒險的鋼索上，並在稍後得到教訓發現自我。

得到了父母因諒解或負氣給予的獨處空間，進入一個 Pierre 可以與內心對談的情境。回應幻想力的召喚，在「當夜

晚／開始降臨」基調下，孩子通常會有害怕單獨在家，怕被野獸吃掉的焦慮，果然一隻飢餓的獅子帶來了危險的因素。沒有讀者期待的餓獅直接向小孩猛撲，不是一頭瘋狂嚙血的野獸，Sendak 賦予了他的獅子一種非常的優雅和智慧，牠不光是一個吃人機器；相反，「牠盯著 Pierre ／的眼睛／問他／他是否想死」。這幾行令人驚訝的有趣段落賦予了我們對小孩處理死亡議題的嚴肅性。毫無疑問在一九六〇年代早期它們是意料之外甚至令人震驚的，在稍後直到整個一九七〇年代佔一席之地的童書改革上是較重要的。

　　畢竟是生悶氣、賭氣的成分居多，不是會真想以死相脅的狂暴憤怒，抱著也許能在被撕裂之前留活口的希望，Pierre 還有幾個問題需要和他無意識象徵的獅子澄清。沒有繞著滿屋子跑的可怕追逐或像格林兄弟的血跡斑斑吃人場面，獅子像他的父母一樣試著通情達理地說服（「我可以吃了你／你看不出來嗎？」）。牠並試著著眼於 Pierre 可能不承認的與父母親的連結，以及如果和他們分開將會感到的孤立，提醒他對於死亡的思考。這是善的、理性的力量，Pierre 本人無意識的生之本能。

　　獅子也是 Pierre 自己憤怒的投射對象，是他攻擊性的化身──那侵嚙、咬嚙著孩子內心狀態的客體關係，Pierre 無意識中所有未受遏制的直覺力量的大又餓的野獸（Cech，1995：102~103）。Pierre 這一面不妥協的表現出欠缺生命熱

情，要決絕與父母親和社會關係意識抽離的意願，對他們進行報復。這是惡的、破壞的力量，死之本能。獅子代表的內心交戰，天使與惡魔辯證拔河的結果是，Pierre 被強烈的情緒擄獲，喪失理智的置自己於一個最大危險的境地中。奇異地，圖中 Pierre 卻雙腳交叉倚著獅子，一隻手輕鬆的放在腹部上，另一隻手在他慵懶宣讀他的三字箴言時輕輕揮舉，一副視死如歸的自在。

其實他並沒有靠自己離開危險的能耐，早在他面對父母所有發言及友善表示，都始終如一冷酷回應時，就已經表現了他的無能狀態，某種程度上他已使得自己厭倦自己。但，他確信父母愛的保證不曾動搖，他們一定會回來拯救他。他有恃無恐。他信任他們的愛！果然 Pierre 的父母回家發現獅子病躺在床上，他們立即展開行動，做了身為人格心靈代理者的父母會做的：竭盡所能為捍衛兒童而拼命。即使孩子面臨的是自己行為的後果，父母也完全忘了他的不聽話、冥頑不靈，以及數小時前他還是頭野獸的事實。

逗留在獅子黑暗的胃裡，等於被打入無意識的底層，但它不單是打落在地，拋下無底深淵的絕對消滅，也同時是進入孕育和誕生新生命的最底層，萬物都是從那裡繁茂生長的；下層始終是生命的起點（巴赫金（著），李兆林（譯），1998：26）。Pierre 從這裡重生了，因為父母對他無私無保留的愛再度獲得肯定。他不再只說三字箴言，而是：「我覺

得很好／請帶我回家／已經九點半了」。儘管夜晚降臨了，他卻再次沐浴在陽光般的情緒中，沐浴在愛的滋潤裡，暴風雨過去了，他已經準備好再次投入美滿幸福的家庭及文明的秩序中。經由無意識的毀滅、否定意義，最終獲得積極、再生的意義。

小結：

下降到無意識的旅程因此雖危險也值得努力，就像其他古老的英雄們，Pierre 帶回了戰勝死亡的寶藏：「在乎」。在最後一幅圖我們看見，已經改變的 Pierre 回到一個與父母間回復平衡、和諧的世界，孩子被他無法永遠控制的心理力量衝擊的問題暫時得到小勝利。這種對立的統一，只有曾經經歷「不在乎」時，一個人實際上已對世界表現出行屍走肉死亡狀態，所導致的衰弱、激烈結局，最後才能真正認識「在乎」。像其他英雄一樣，伴隨回到這個世界，Pierre 帶來了一個調和的反對力量，更新的生命。Sendak 似乎在說，沒有必要強迫接受所謂「道德」，那會扼殺居住在無意識獅子深處的，古代能量有深度的豐富資源。

發生在幻想中的經驗，使這黑暗、陰影的小孩透過某種教訓達到心理態度的轉換，發生療癒效果。這種意象呈現不可思議地貼近於早期先驅者用的深層心理學：十六、十七世紀的煉金術哲學家，用隱喻術語將少年、英雄精神上的航行，具體化為更實質的物質現實。Jung 解釋：「呈現了精神

下降為物質的完成」，在野獸肚子裡待過一段必要的時間後，Pierre 重生了（Cech，1995：105）。

雖然如此，英雄下降到未知的無意識時，意識的心靈熄滅了自己，還是把自己置於一個脆弱而可怕的位置，也讓原始英雄們被巨龍吃掉。Pierre 確實已把自己置於自我意識滅絕的危險，而能否從獅子肚裡出來完成他的「重生」，他需要某種神聖的調停，在這裡就是他憂慮的父母提供了有益的協助。尼采說，一個人的資質決定在他的允諾能力，只有相信自己的人，才能完全相信別人的能力。甚至已把自己的生命交付在別人（父母）手裡，Pierre 憑藉的就是《童年與解放》中所肯定，人內心包含深愛自己的人類愛，深層的人類愛。

第二節、Where the wild things are（野獸國）（1963）：

「任何創造的行動，首先都是破壞的行動。」

～畢卡索

十九世紀末，馬克吐溫（Mark Twain）呈現了二個雙重特性的主角湯姆與哈克（Tom Sawyer and Huckleberry Finn），二個最難忘的「好的壞男孩」形象，自此美國大眾文化被塑造了，美國人秘密地崇拜他們的膽量和活力。

Sendak 把一個惡作劇的小孩推上舞台中心，同樣撼動了一些重要而獨特的美國神話。一九六三年《野獸國》出版數月後，贏得美國圖書館協會凱迪克獎年度最佳圖畫書。Max 這個較不熟悉的，歐洲化的名字，暗示一個「最大化（maximum）」的兒童：世俗、強壯。它描述一段循環的旅程：英雄從正常社會進入幻想世界經歷，藉馴服野獸而達到淨化，對與母親的關係也有了健康的認同，更自信地回到正常世界。

　　Sendak 自己的媽媽也曾叫他「野東西」，他也曾像 Max 一樣沮喪。書中鮮明的野獸型塑來自 Sendak 小時候害怕的，幾乎每個星期天來家裡的親戚；他們露出一口壞牙和多毛的鼻子咕嚕咕嚕叫著靠過來，掐他的臉頰，說一些恐怖的話：「你好可愛我要把你吃掉」。他現在找到創作主要的主題，並找到表現孩子情緒掙扎的奇蹟的方法。為使這「奇蹟」發生，Sendak 用神話創造的方法，將「白天」太陽神阿波羅的權威，代之以「夜晚」酒神的原始、幻想邏輯，這也是兒童實際上用來表達他們經驗的思考意義，他們自此找到快樂。

　　大人總希望孩子「不可以哭」、「不可以無理取鬧」，希望他們總是一副活潑快樂的模樣，這是不是等於要求孩子「整年都是好天氣，天空都不下雨」一樣呢？成人將生命妝點為一座玫瑰花園假象的做法，正如布斯卡里亞在《生活‧愛‧與學習》所說，是否認孩子的生命。一生信仰和平的托爾斯泰都曾在他少年時代，有時一個人覺得前途渺茫，害怕

思考未來時，讓本能成為生活的唯一動力，幾乎出於一種無意識的好動而無緣無故犯下可怕的罪行。在這種內心騷動和喪失理性的情況下他哭喊：「你們誰也不愛我，誰也不明白我是多麼不幸！」

所以故事中 Max 的「反抗」雖是成人眼中醜陋的邪惡探出，卻是兒童表示爭取他自立的第一步，也是托爾斯泰認為在天真的歡樂裡，衝擊著對愛的無限渴望。這人生裡最美好的兩大美德，造成他身分同精神活動不相稱的早熟，正好是「真實」的最可靠標誌。這種「真實」使本書從文到圖，

處處洋溢一種不見容於當時氣息的未來風格，類似在 16 世紀末打破文學規範的「非官方性」拉伯雷形象，與一切成規、權威相左。一連多日在街頭廣場舉行狂歡節慶活動，小丑、傻瓜、人、侏儒、畸形人；各樣雜耍儀式、祭祀活動等等，透過一種非主流、第二世界的方式看待世界，形成特殊的雙重世界關係，與教會和封建中世紀官方嚴肅文化相抗衡。

　　書中主角的這種第二生活方式，除了讓美國兒童第一次認知到他們強有力的情感，也引起兒童心理治療師最猛烈的攻擊；相反的，評論主流對《野獸國》的出現鼓掌歡呼，它已經不只是一本受歡迎的童書，事實上它已經成為集體記憶的一部分，一個活生生的神話。它為當時兒童文學界投下石破天驚的一顆爆炸彈。批評家一開始因為它強烈、真實的內容而檢驗它，到最後他們發現它成為一個檢驗其他作品的標準。Sendak 也得到他歷史性的地位。

　　從封面開始，打著盹的可愛怪獸威脅性就去掉一半，蝴蝶頁裡二隻莫名其妙的野獸，像是穿了帶爪橫條紋毛衣、鱗片長褲、套上面具、戴假髮，從萬聖節舞會跑出來的人。這些圖案含意模糊，游離於裝飾和寫實之間，既引起我們對於未知事物和妖魔鬼怪的恐懼，也讓我們戰勝不穩定自我控制構成的心理威脅，進而產生愉悅感；有一種不穩定，在神秘和荒唐之間游移的喜劇效果。這夜，穿上狼服的 Max 也穿上了暴力，反社會的認同。用被單、玩具熊模擬了一個稍後

幻想中的山洞與野獸場景，他現在是童話裡的狼，而不是文明的男孩。身處擁擠侷促的邊框內，加上威廉・梅比爾斯所謂「毛細管密碼」的密集交叉線條，這樣豐富的記號通常暗示活力，或甚至是過量的能量，表達了擁擠、緊張和繁忙的場景（梅比爾斯（著），馬祥來（譯），2000：176）。Max的緊繃情緒已箭在弦上。

　　手持叉子追逐夾著尾巴逃命的小狗，騰空躍起的 Max 橫眉豎目，完全吻合了牆上那張他畫的野獸形象，證明他已經情緒高漲，無怪乎媽媽罵他「野東西」。叔本華說：「在每個人的內心都藏有一頭野獸。」憎恨、憤怒、忌妒、怨恨就像毒蛇牙齒上的毒液一樣，只等待發洩自己的機會，然後，像不受羈束的魔鬼一樣，咆哮狂怒。尤其創造力高的孩子，他不只是反抗，只要是大人心中認為的「不好的事」，都可能成為他邁向自立的契機。孩子之所以「壞」，無非是想違背大人的期待，以求照著自己的方式生活。這種情形不只見於青春期少年，看似懵懂的兒童其實內心真實情緒流動並不亞於其他人。

　　Max 是高度情感充沛的。穿狼服惡作劇，原還可以控制自己的行動，但對媽媽戲劇化地大吼一句「我要把妳吃掉」後，甚至沒晚餐吃，他就被趕上床，失去了掌控權。他被媽媽，被這個狀況，特別是被他受傷的感情控制了。他的攻擊反彈，來自他的脆弱無助；他的狂暴憤怒，來自他的深愛依

賴。從小到大在日常生活中，我們都經歷過 Max 經歷的這
種基本危機：不斷徘徊、平衡於自己要獨立自制的狂野宣
言，與實際對身邊成人情緒上不斷的依賴之間──特別是母
親。如果要獨立，則想保留、信任的愛之連結就有被割裂的
威脅；如果要確保愛，是否就得犧牲自主性？孩子出現了自
我情緒反覆無常的掙扎問題（Cech，1995：120）。

　　如何才能擔負起這對愛的沒有安全感，使它成為「情緒
發電廠」的巨大內在力量，而仍保有他與紀律、安全、馴化
世界的連結？要如何榮耀他情緒的能力？孩子時刻處於
「愛」與「獨立」矛盾的狀態中。我們看到在房中嗔目叉腰
的 Max 餘怒未消。當他閉上了眼，腦海裡幻化出的簡直是
一場反叛的逃離，神秘的月光迆邐灑入，散發著引他到另一
個國度的魔力，不尋常的生命滋長著，房間變成了森林。這
一刻起，憑藉心靈無邊遨遊，Max 投入冥思玄想的幻境。

　　接下來他邪惡地笑著將挑戰母親給予他的懲罰，原本牆
上有密集的交叉影線，表示現實的僵化、秩序，在幻想中逐
漸消失了。轉身對月呼嚎，他似乎回應了一股神秘力量的深
層召喚。以他自己的膽大不順從更深入地進入森林登上小船
遠航，Max 象徵性地更深入了導致他敵意的潛意識。這趟空
間之旅用世俗的方式描寫：「經過日與夜，幾個星期，幾乎
一年」。達到與母親的生理距離，也使他克服她的力量使他
受傷的限制之一：他的年幼。因為母親擁有滿足需求和禁止

活動的權利，這使孩子焦慮，要獲得獨立必須有意無意地拒絕與母親相關的事物。（Chodorow，1989：34）。Max 將旅行到達一個較成熟的狀態，不會被年長者的專制所支配。

一在野獸國靠岸，一群由各種不可能事物隨意自由組合所創造的矛盾形象就出現了。有些妖怪畫得令人恐懼，有些則畫得溫順可笑。這些怪誕的身體體現了一種滲和難言吸引力的醜怪，兒童心目中的英雄就常常擁有一副怪誕的身體，因為他們「從怪誕身體與自己童稚不全、未成形的身體之間找到某種關聯」。菲斯克（John Fiske）認為美麗是停滯的，而怪誕是變遷的（郭鍠莉，2000：83~84）。怪誕美學在很大程度上就是醜的美學。日本新銳兒童文學評論家村瀨學在《兒童為何喜愛怪獸》論文中詮釋，在兒童的眼睛裡，世界有「地上」及「地下」之分。在地上，兒童是一群任大人宰割和奴役的羔羊，因為地上是大人的一統天下，來自大人近乎囉唆的教誨和威脅，使他們地上的自己一刻也不敢偏離好孩子形象的軌道。在某一個時段，他們開始產生叛逆心理，渴望潛入被稱為地下的無拘無束世界，而怪獸就責無旁貸成了他們的庇護神（彭懿，1998：250）。

面對群魔亂舞的威脅，Max 不慌不忙使出「盯住牠們的黃眼睛，一眨也不眨的魔法」，並斥喝：「安靜！」表現權威來馴服牠們。每個小孩都知道這是大人權力的象徵，因為犯錯的小孩沒有辦法不眨眼精。Sendak 讓孩子掌控了黑暗，

Max 終究認同以成人的理性意志控制自己的失序野獸。它象徵 Max 超越了權力，並對導致自己惡作劇的情緒野獸負責，讓情緒的控制明顯是可能而可期待，這是一種以非暴力表達情緒的，有智慧的英雄氣質。

弗洛伊德曾提出人的兩種愉悅，其中一種就是衝破清規戒律，充分滿足自己的攻擊性動機或性欲本能而感到快樂。克里斯也強調激烈表現「自我」藝術的重要性，這種本能的衝動以一種可被接受的形式表現，並進而得到控制和調節（E.H.貢布里希（著），范景中等（譯），2001：300）。Max 成功通過認同的測試後，驕傲地接受野獸尊封他為「野獸之王」，現實世界中的污名在此成為一種認可。文本引人注目而漸增的節奏，至此使圖畫越變越大直到受限的邊框完全消失而與讀者的世界融合。這個高潮點明顯是很重要的，三幅跨頁沒有文字的圖擴展達到音樂性非口語的直接共鳴，全是為了這個孩子最深層的飢渴能被滿足的主要、神秘儀式時刻而舖陳。

通往理想世界的旅行使 Max 獲得以前沒有的權力，現在他似乎得到了成熟的好處，可以壓抑所有反對他的意志。下令要一個現實中被禁止的自我放任主題：「瘋狂的撒野」（wild rumpus）。這個和自己創造出來的強大野獸共舞，並以被牠們公認為「最野的野東西」得到性慾滿足的孩子，正處於充滿完全前戀母情結性興奮的迷醉中。

　　Max 心目中的理想世界為何表現在這場瘋狂派對上。這些全幅、響亮的圖畫中，野獸的大腳敲打得使叢林的地面震動，牠們的頭、月亮，是重複的大圓圈，爪子是半圓。第一頁他們嘷月，行為完全像瘋子，第二頁在樹間晃蕩像猿猴。對比於暗棕色、綠色、藍色的背景，Max，這位穿著白衣服的指揮家，這齣音樂的主要獨唱者，很突出地帶領野獸全體經歷這狂野圖畫裡的咆哮、晃蕩，到第三頁他們最後凱旋的行軍（Cech，1995：121）。Max 擁有絕對的權力、完全順服者，可盡情沉迷於任何他想要的活動。這裡，野蠻不再是錯亂，而是正常。

　　與官方節日相對立，彷彿是慶祝暫時擺脫占統治地位的真理和現有的制度，狂歡節上大家一律平等。支配一切的是人們之間不拘形迹地自由接觸的特殊形式。異化暫時消失，人回歸到了自身，人在人群之中感覺到自己是人，沒有任何情緒需要隱瞞黯淡，沒有罪惡感。在這種絕無僅有的狂歡節世界感受中，烏托邦的理想與現實暫時融為一體（巴赫金（著），李兆林等（譯），1998：12）。這種廣場言語和廣場姿態，是一種坦率自由的特殊形式，不承認交往者之間的任何距離，擺脫了日常（非狂歡節）的禮節規範的形式，形成了狂歡節和廣場言語的特殊風格，應是所有兒童心目中真正的理想國。

　　他們要用那充溢更新激情的一切狂歡節語言形式、象徵，用與占統治地位的真理、權力相對的另類意識，來突顯

權威的可笑性。笑謔是雙重性而具積極意義的：它歡快狂喜，也冷嘲熱諷；既肯定又否定，既埋葬又再生。這 Max 經驗的小世界裡，同時也有自我形成的過程。個體從小就做出那些將會成為他的「我」的選擇，而那些不被承認、被抑制的心理材料就轉而成為意識心靈的黑暗兄弟。Max 在幻想的夢境裡與這無意識相遇，它是所有意識裡不能承認、壓制、否認的品質。

　　這股他遭遇到次等、原始、笨拙、像動物、像孩子、強大、有活力、自然的力量，是他真實自我的一部分。儘管黑暗、毛茸茸、不恰當，但沒有了它，一個沒有陰影的身體是什麼樣的？什麼都不是（Cech：1995：122）。如果能認出野獸是他自我的投射，陰影就能被承認而進入意識，Max 以野獸和牠們叢林住所的形式接受了陰影和無意識的現實。極致的絢爛享樂後，復歸平靜。這裡 Sendak 再次使用廣場語言所遵循的獨特「逆向」（'a l'envers）、「反向」和「顛倒」邏輯，正在高潮點時，Max 停止派對。模仿母親，他把野獸（他性慾的一部分）不吃東西就送上床，等於把牠們送回他自己無意識的領域，一個他已經拜訪過且毫無疑問將會再訪的地方，然後回到意識的，結構和限制的白天世界。

　　經歷危機之後的結果，以 Eriksonian 的觀點，是小孩練習「自我省察、自我引導、自我處罰能力」的發展。Max 變得察覺到他的情緒，沒有罪惡感、沒有道歉，決定從幻想回

來。好男孩不總是服從，但仍有一個屬於他的情緒港口，比放縱的自由更讓他想要的欲望：到有深愛他的人的地方。被一群只是完全順從他，沒有自由、主動意志的生物圍繞，Max 反而覺得寂寞，可見他們不能提供 Max 有意義的陪伴。

利用這種諷擬和滑稽化、打諢式的加冕和廢黜形式，讀者和 Max 一起了解到真正的快樂不只是完全的獨立自主。那麼真正的快樂是什麼呢？遠處飄來食物的香味，喚醒了愛的意識，滋養身體和靈魂的食物已經煮好，不是生的。Max 決定放棄王位，朝他感情付出的彼端（媽媽）飛奔回去。「對於中國人來說，飲食的味道絕不僅僅只是食物的味道，還必須包括餐桌上特有的那種『人情味』。」角色藉由提供飲食來表現對接受飲食者的忠誠或關懷原諒（郭鍠莉，2003：38）。食物在此代表真愛是有養育作用的。

但他情緒的化身野獸大叫「我們要把你吃掉──我們太愛你了！」顯然這種愛是自私的，毀滅性的。童書中常見吃與被吃的衝突情緒，有些人恨起來齜牙咧嘴，恨不得剝對方的皮，吃對方的肉，喝對方的血，像先前 Max 威脅媽媽那樣；現在野獸太愛他所以也要吃他，真是奇特的現象！溫蒂・卡特茲（Wendy R. Katz）認為兒童文學的飲食描述即是性的描述。人類在進化過程中留下了「只要有機會就吃」的文化遺傳。潛意識的飢渴需求也不斷地向我們發出召喚（郭鍠莉，2003：25）。如果滿足野獸，則 Max 會完蛋，成為

他自己情緒的受害者，永遠不能回到現實建立健康的關係。同樣，牠們的愛也是 Max 對母親威脅的迴響，提醒了 Max 要解決現實中愛與攻擊的糾葛。野獸教會他體諒母親的處境，他意識到如果此時有他渴望的真愛，他必須離開。

　　Max 在回程的圖上比以前大很多，象徵他自我意識的重要提升，可見 Max 不覺得現實像他以前認為的壓迫限制，他發現世界大到夠讓他當自己，並擁有母親的愛。但回程時船的左舷並沒有他的名字，表示他也不再那麼興趣於堅持自我的認同了，現在他毋寧更關心他愛的人。Sendak 曾說孩子和母親的衝突常是錯誤的時間點（mis-timing），而非錯誤的愛（mis-love）造成。例如孩子情緒高昂的惡作劇時，媽媽可能剛好心情不佳。如果他們二個都同時處於狂熱狀態，她就可以聽出來真正的訊息然後去擁抱他。相反，她可能正在忙而把它聽成一種要求，所以她說「走開！我沒有時間理你。」於是他開始攻擊她，不是因為他正在發脾氣，而是他感到絕望的受傷了。這種時間點上心情或脾氣的誤差造成的誤解，最後收場總是和平而安穩的，因為他們一直深愛彼此。

　　Max 也知覺到了和母親之間錯誤時間點造成的只是短暫不愉快，而愛意始終不曾稍減，離家後他又回家。人類敘述裡有隱藏的消失／再現的心理欲求，正如歸去／來，是敘述裡並存的二種欲望，返家與離家亦不是二元對立的觀念，而是共存相成的兩面（范銘如，2003：22~23）。新舊時空

在重相逢作用下顯現出恍如交疊瞬間的差異，讓橫跨兩個時空的主體從觀看對方的改變時，知覺自己的變動。曾經不提供食物的媽媽，已留了一碗在桌上熱騰騰冒煙的晚餐，來證明她一樣溫暖的給予營養的愛；Max 更理解了真正的快樂不在放縱的自由，而在他不可或缺的媽媽的愛。

而無意識世界和它的象徵：夜晚，在書中開始時強力的擴展，在中間時強烈的撒野，都在 Max 房間最後一幅圖時小心地框在窗戶外。英雄必須對抗混亂，找出穿越迷惑回到光線、秩序、文明世界的方法；回到房間內家具、地毯都已恢復整齊穩重線條的正常生活，讀者和 Max 一起離開無意識的經驗而恢復意識，繼續世界有序的例行公事和可預知的儀式，例如吃晚餐或讀床邊故事。Sendak 最後肯定了孩子終究會回到現實、父母身邊，給父母們吞了可以安心入夢的定心丸。故事最後五個字（它還是熱的）出現在沒有任何插圖的頁面上，Max 脫下他戲服的帽子，我們看到這小男孩的頭，不是野狼。偏紅的溫馨調光線已經撒滿了房間裡的 Max 和讀者。

帶著一個英雄學會的主要功課，再度回來與他並不總是稱王的世界調停，Max 已能控制內在非理性的航程。黑暗，狂熱的夢已經結束。《野獸國》的神話對兒童保證了透過想像野獸是可被馴服的，且即使你行為像野獸某人仍然會愛你不變；它也提醒把野獸等同於瘋狂幻覺的成人，或不承認野

獸存在的逃避現實者：兒童的確從這些經驗裡完好如初地回來。甚至就是因為有幻想的能力，才在此令人無法抵抗的時刻存活下來。靠著創造情節，彌補他們對抗現實世界時，相對於成人的肉體和口頭防衛劣勢，自由地想像看不見的同伴和協助者，在艱苦的突擊中陪伴他們。事實上，這一場浴血聖戰，Sendak 展現了兒童的求生力量與回來後的再生。神話可以治療（Cech， 1995：123）。

小結：

《童年之惡》中訪問了具有創造力的代表人物，發現他們小時全都不是好孩子。修蘭名言：「良善之物不會創造，因為它缺乏想像力。」（河合隼雄（著），唐一寧（譯），2000：36）想像力與創造力有關，更與整個自我的存在有關，為什麼偏與「非良善之物」畫上等號呢？人們所面臨最大的問題之一，就是他們並未認識到兒童有一種積極的心理生活。他們總認為是自己創造了他們的小孩，並致力於《創世紀》裡的那句話：「我將按我的想像來創造人。」成人這種想替代上帝的念頭，正是導致其所有子孫後代痛苦的原因（蒙特梭利（著），單中惠（譯），2003：49）。那是不對的。相反地，我們應該說：「兒童是成人之父。」

兒童以一種成人早已遺忘的強烈方式回應、擁抱與外部世界發生的關係，由此而表現出驚人的能量，那是基於他們對生命的熱情與愛。這種奇妙的創造活動來自一系列

潛意識的強有力衝動，它像站在兒童旁邊一個擁有驚人力量的巨人，隨時準備猛撲過去把他壓垮。這些過於激烈的感情、混亂的衝動通過與外部世界接觸後，漸漸使意識開始區分清楚，最後才進行創造性活動。當這些心理上的激情耗竭時，另一些激情又被激起。兒童以一種持續的生氣勃勃的衝動節律，從一種征服到另一種征服，由此構成我們所說的「歡樂」和「天真」。正是通過這種心靈純潔的火焰，不斷地燃燒而沒有浪費，人也開始了創造自己心理世界的工作。

當兒童的內在本能正起著秘密作用時，如果遭到外部環境反對，我們看到它引起了兒童心理的失調和畸變，其結果將會伴隨兒童的一生。如果不能尋到一個使敏感期發生指導作用的出口，往後這種自然征服的能力便永遠失去，人格特質被扭曲，奠下不快樂的基因。失去這種能力久矣的成人，不是經常哀嘆嗎？失去這些衝動力的兒童，也將會是盲目無活力。當環境中某些東西阻礙了兒童內在本能運作時，我們應該感謝孩子還能產生激烈的反應表現，表示他的敏感期依然存在，他還會「任性」、「發脾氣」。因為需要沒有得到滿足的心理緊張狀態使他絕望，他的心靈還能為自己所需要的東西大聲疾呼，尋求對它的保護，畢竟是可喜可賀的。證明他對生活不是無所知覺，無所想望，無所愛！

　　兒童表面上漫無目的的奔跑、跳躍和拿東西，像 Max 一樣，使房間裡狼藉滿地，並不是單純偶然、隨機衝動的運動特徵結果。由於他正處於塑造自我的過程之中，因此這是他在自我指導下對有組織的運動建立起不可少的協調。兒童自己的一套生存邏輯，苦於不能向成人言傳。而對成人又是那麼敏感在乎的他們，在遭到支配其生活和行動的成人責罵打擊時，因為如此渴望得到成人的愛，以致就努力配合成人使自己個性消失了。兒童樂於服從成人，這是他的精神根源。但是，當成人要兒童拋棄那些有助於他發展的本能時，他就不可能服從了。這一場生死存亡之戰，是根深柢固的衝突的外部表現，不單只是對不相容環境的防禦，而應該理解為更高品質的尋求自我展示。兒童以發脾氣和進行反抗來表現，正是他自我實現的不懈努力。

　　造成兒童純潔心靈遭受創傷的原因，是由一個處於支配地位的成人對兒童的自發活動壓抑所造成，且往往是對兒童影響最大的成人，即兒童的母親。Max 受到責罵時，產生的負面情緒強度是與對媽媽的愛意強度成正比的。傷心的 Max 以狂暴的「我要把妳吃掉」做了最大程度威脅，其實發出的真正訊息也就是：「我這麼愛妳，妳怎麼可以這樣說我，怎麼可以不欣賞我、了解我的心？」換句話說，他實在是吶喊著：「愛我吧！」而不是：「我恨妳。」可以令人驚訝然而有些荒唐的說，成人只知道兒童心理的疾

病，而不知道兒童心理的健康（蒙特梭利（著），單中惠（譯），
2003：58）。

　　人的基本動力是渴求愛與被愛。心理學家們異口同聲地
指出：一個嬰兒若不被愛就很容易夭折。可是愛的動力一旦
出毛病，或不成全、或被扭曲，它就演變成為一股破壞的力
量，名為「仇恨」。Max 在破壞上呈顯的威力之強烈，正與
它所對應之愛的強烈成正比。人會因為活在缺乏愛的境況
下，而以仇恨去彌補別人對自己的遺忘。人在透過暴力打擊
別人時，背後仍隱然地作出一份愛的呼喚：「請不要把我忘
掉！」這仇恨現象帶給我們的實在是一份湛深的訊息：「人太
需要愛與被愛了！」仇恨只是愛的缺乏、愛的不足、愛的停滯、
自愛的不夠才演繹出來的負面反應而已。除非履行愛，你絕不
能透過別的途徑達至生命的圓滿（關永中，1997：232）。

第三節、Higglety Pigglety Pop！or There must be more to life（1967）：

　　毀滅教我如此沉思：

　　時間將會奪走吾愛。

　　這種想法有如死亡，使人無可奈何，

　　只能在得到他所害怕失去的對象時，

　　哀哀哭泣。

　　　　　　　　　　　～引自莎士比亞第六十四首商籟詩

　　Sendak 說：「《野獸國》比我做過的書更深地進入我的童年，接下來的書我必須更深入。」所以在 Higglety Pigglety Pop！的幻想中，他融合了童年重要的人事物，再次蒐集自己心靈中循環使用的零碎片段：阿姨送他的牛奶馬車玩具、他在家族相片裡蹙眉不悅的嬰兒照、童年裡一九三〇到一九四〇年代的布魯克林街道，都成為創作本書的元素。而那胃口特別貪婪的主角，則是他十三年來不斷畫進書裡的愛狗 Jennie：「我生命的愛」、「嬰兒、小孩、同伴，和最好的朋友」。以 Samuel Griswold Goodrich 的韻詩 Higglety Pigglety Pop！當作書的靈感，它畫出了少年文學中最不調和的吃的場景：「狗吃掉了拖把」。因為他的 Jennie 也可能「在真實生活中拋棄她的主人，如果食物不好的話──或別的地方食物更好。」

　　當 Jennie 已經老到像 Higglety Pigglety Pop！描述的需要藥物治療：「二瓶不同的藥丸、眼藥水、耳藥水」，Sendak 越來越焦慮 Jennie 不可逃避、逼近的死亡，決定讓她成為本書主角；雖然沒有完全解決她的死亡問題，至少這製造神話的行為可以撫慰、減緩失去她的失落感。Sendak 用自己的藝術賦予她不死的狀態，讓他能想像 Jennie「在她未來的生活……作為一個女演員，在那可以持續工作的藝術家天堂裡，永遠吃一根拖把表演著愚蠢的幼兒韻詩。」在 Higglety Pigglety Pop！接近完成的一九六六年秋天，Sendak 的母親

也面臨著更大必死命運的陰影：與癌症奮戰。所以他在書中
給媽媽一個角色，讓她成為 Mother Goose，管理那遙遠城堡
和可笑的吟唱公司。

　　這時 Sendak 將近四十歲，有五十七本信譽卓著的書，
是當代美國童書革命中優秀的領導者。雖然外在條件他「擁

有所有的東西」：名聲、財富、工作；內在卻正經歷週期性生存危機之一。似乎把他的自傳故事和書中藝術家 Jennie 的掙扎連結起來，他不安的看著自己的未來，這尋找靈魂的期間，成為指導創作過程的本質。精神病醫師 Anthony Storr 提醒我們：「真正原創性的人必然是『內在指導的』，佔有的物質舒適或安全感不能阻止他繼續他的追尋。」

　　Sendak 在此探求個人狀態，Jennie 替他說出他的嘆息：「生命不只是這樣（There must be more to life）。」一隻狗說出這種觀察是滑稽的，但對接近中年的人是貼切的，因為他接近死亡。完成 Higglety Pigglety Pop！幾個月後，Sendak 被一九六七年夏天訪問英國時幾乎致命的心臟病，戲劇性地提醒他不穩定的肉體限制。一直是自己內在狀態犀利的觀察者和分析者，Sendak 可能已經感知到身體逐漸升高的內在壓力。在一九六七年初 Sendak 的第一次電視訪問裡，他看起來憔悴、蒼白、騷動──生病而鬆緩，在鏡頭前看來有些像他這本書的主角，不安，騷動（Cech，1995：149）。

　　深深地影響了 Sendak 的死亡，是他的好朋友和合作者 Randall Jarrell 突然意外死於一九六五年。這次創作某種程度是向他們的友誼致敬，他用了他們合作作品中的墨水筆、交叉線條作插畫。Sendak 和 Jennie 的連結性還在於那痛苦的「邊緣人」位置，不管從裡向外看或從外向裡看，這個藝術家並不是用「正常人」的方式從他的窗戶去了解世界，像處

理 Rosie 一樣，Jennie 也有和 Sendak 身為藝術家經驗一樣的疏離和挫折。

與《野獸國》情緒翻攪溢出頁面的滿版圖畫形成對比，這裡圖畫本身是數千條纖細交叉線謹慎地限制在邊框裡，營造了驚人、鮮明的精密度和深度，建立出多層意義和指示的可能。短而剛的筆觸使暗夜充滿凝滯品質，感覺不到生之氣息流動，唯一的圓滑與鬈曲來自小狗身上的豐毛。全書是黑夜與樹骸枯葉與地下室與獅子吃人，沉沉濃濃死亡的意象。標題頁上 Sendak 的愛狗以一種權威人類的坐姿，一隻腳掌隨意閒置桌上，直接注視讀者，像在打招呼：「哈囉！我是 Jennie。」前方幾瓶藥丸和碗盤之外，背後牆上掛了一幅達文西著名蒙娜麗莎謎樣微笑的畫作，對猜測 Sendak 又用了什麼古典隱喻的讀者來說，無端憑添圖畫本身的刺激、煽動性，其實那是真正 Jennie 的原始名字：蒙娜麗莎罷了。

夜半獨自凝望窗外一輪滿月照耀的風景，主角深層的內心世界與創造的典型符號：「生命的滿月」連結起來，這是一個令人驚異的藝術家。沐浴在滿月的光之下，朦朧的墨水筆線條黑白插畫，謹慎投射出微明精神世界，這高度創造的風景成為 Jung 所謂「母親的王國」。人類女性心理原則在此運作：「月亮的無意識夜晚王國，精神世界在陰影、夢一般的觀點下得到澄清」。古老的召喚發出。如同所有幻想故

事中的英雄一樣，Jennie 和我們史前祖先面臨共通的問題：「我是誰？我怎麼來？生活的意義是什麼？我可以自己找出自己的路嗎？」這些問題從未改變、答案永遠相同，人同樣永遠無法容忍一個不完美的現實。

在故事中重要的點：剛開始 Jennie 被召喚出去冒險時，月亮又小又在一堆雲後面若隱若現、支離破碎。主角看來多麼有智慧又不快樂，她的心理狀態是曖昧黯淡，卻也沉靜、夢幻。窗台上的植物具體化了 Jennie 的精神條件，開始時植物全開就像 Jennie 處於她的全盛時期，什麼都有。當一個人什麼都有：一應俱全的物質享受、最重要的還有愛她的人。她還求什麼？什麼是那擁有一切之外的「something」呢？下一幅圖，Jennie 吃光了植物的葉子，盆栽裡剩下光溜溜的莖部意象反映了 Jennie 已經開始面臨的一無所有、從頭開始的生活。帶著「什麼都有的袋子」，隱喻著她將為自己的快樂負起全責。

不同於《野獸國》強烈的神話時刻，Max 立即的跳入幻想，產生直接、爆發性情緒壓力的釋放；Jennie 進入冒險是謹慎、有意識的選擇，是一個離開家和熟悉土地的外在漫長旅程，為了專注在個人存在問題。Higglety Pigglety Pop！更富於沉思寓意，秋的音樂。隨後 Sendak 把 Jennie 身旁的袋子畫得像她的陰影，幾乎和她一樣大。習慣了養尊處優，不願放棄她舒服生活所需的一切，這袋子在旅程

中阻礙著她，並象徵著她心理行囊的抽象意圖──她的自私不懂事（Sonheim，1991：72~73）。想轉變精神狀態、尋找快樂的同時，卻不想改變物質享受狀態──那妨礙她追尋的旅程。

Higglety Pigglety Pop！出版時，正值美國一九六〇年代文化革新到達頂端的一九六七年（嬉皮或青年國際團體在這年稍後出現）。作為一個格林威治村的長期居民，Sendak每天被提醒，在他城市住家外的第九大道或靠近華盛頓廣場街道上，這些隨一九五〇年代早期活躍的一代開始的新挑戰，已經在一九六〇年代晚期的兒童身上開花結果。雖然有人認為年輕一代正在破壞這滋養他的文化，但從反文化的觀點看，這也是拒絕虛偽、令人窒息的社會控制，道德、倫理崩潰的時代。從神話的角度，這文化衝突是酒神節的革命、幻想，和阿波羅的保守、壓抑撞擊的古典尼采哲學（Cech，1995：145）。

雖然 Sendak 拒絕他的書被政治地解讀，但該書仍異常精確地反映了特定的時代精神，書中女英雄和此時政治注意力焦點的一代是有明顯相似性的。像他們一樣，她「擁有所有的東西」，特別是經歷過戰爭的父母　（如同 Sendak 的父母）所沒有的物質優勢。雖然舒服，但 Jennie 決定離開家。我們都曾以相同的方法開始：被父母保護一段時間，然後離開他們進入外面的世界；並沒有慶祝儀式而且嚴苛難熬，但

是成長所必經。外面的世界很危險，我們必須跟隨神話英雄的腳步，和他幾世紀以來的經驗當作我們的指導。

　　除了在 Very far away 有短暫出門透氣外，Sendak 這次是唯一真正的出走；沒有明顯理由或外在衝突，她是被深層、內在不安、不止息的生存焦慮所驅動。她對一盆好管閒事的植物承認：「我不滿足，我要某種我沒有的東西，生活不只是擁有所有的東西。」在懷疑中，她對目前的條件感到不輕鬆和疏遠。全美國享有特權的敏感小孩也走出他們舒服的家，去從事各種的精神追尋：亞利桑那州、佛蒙特州公社的反唯物論、加州的迷幻藥和性解放、紐約的政治自由。

　　在 Jennie 的精神追尋啟程同時，披頭四唱了首關於一個覺醒年輕女人的民謠，半夜在父母睡覺時打包離開不快樂的生活，「她要離開家……再見……再見。」Sendak 的書在大學生間很快成為受讚美的經典作品，從 Jennie 的經驗他們看到了渴望的旅行。但如果沒有必要而且你不知道要去哪裡，那離開的重點是什麼？Jennie 冒險中自始存在的曖昧，使她進入窗戶另一面，像艾莉絲夢遊仙境般交織著雙關、多元、滑溜語言的難以捉摸的世界。例如提供免費三明治的狗，戴著廣告板發出如謎的誘惑：「某種不同的東西（something different）」，令人震撼的吶喊：「徵求！世界鵝媽媽戲院的女主角！」Jennie 不知道她要什麼，什麼是經驗？她又要怎麼獲得經驗？

　　事實上，Jennie 是這麼天真，當她們的談話中提到「經驗」時，她無意識地，回應得漠不關心，嗅著白麵包上的肝香腸和洋蔥，說：「從來沒聽過。」Jennie 這個不知道她將成為藝術家的藝術家，像神話英雄一樣被召喚去尋找、解決神秘、回答謎題。在這幻想的旅程裡，有魔法在運作，豬告訴她：「不要打給我們，我們會和妳聯絡。」她已經遇到可以幫助她進入世界鵝媽媽戲院的第一個幫助者，這建立了她進入這範圍的儀式。英雄只有在通過考驗後才能到達精神的王國。

　　接下來遇到送牛奶的貓暗示 Jennie 去城市邊緣當嬰兒的褓姆。顯然對自己未來一無所知、毫無計畫的 Jennie，所能做的就是順任機緣的安排，何況這看似偶然的巧遇一點都不偶然，在英雄旅程裡引導者之一的貓告訴她：「那會成為一個經驗」。這次，Jennie 從這個字裡聽出了更多意味。還沒擺脫優渥生活所培養出的奢侈享受、貪得無厭食慾，及不知現實天高地厚的無知；書中用各種味覺細節描述來表現她的特徵，Jennie 再度驚人的狼吞虎嚥，一點也不擔心會無法完成任務而被獅子吃掉，因為憑她的好吃她不能想像，有人竟然不吃飯。

　　在開始工作前，Jennie 就先因她的「jumping stomach」而昏倒。其實不是她跳動的胃需要糖漿、大量食物填補，而是她空虛貧乏的人生需要發現意義來充實，是一種對生命不滿的飢渴使她長期處於飢餓的不足感。雖然仍一直

關心著吃，在躺在地上尚未恢復元氣前，Jennie 生命中最美好的天賦本質，也是讓英雄追尋快樂的旅程得以成功的關鍵，這時第一次展現了。她關心地想到：「難道寶寶沒有名字嗎？」當一個人問起另一個人的名字，那是尊重、關愛對方的開始，是有了與符號背後所表徵的個體情感交流的意願。自我追求精神實現同時，若不能有先去關注其他個體獨特性的熱情，何來靈魂自由？因為生命的自由來自愛！

　　因為這份愛，使 Jennie 無意間發現了問題的契機：要自我完成之前先幫助別人完成自我！女侍說：「她以前有名字，但大家都忘了。」遺忘名字也就遺失了自我認同、在世界的位置，與愛。艾妮・波萊頓暗示：「無法提供適當、美味食物的母親，是失職的，甚至是邪惡的；反之，有能力提供可口食物的媽媽一定是好媽媽。」（郭鍠莉，2003：26）沒有母親愛的食物，也是寶寶不吃飯的原因。Jennie 打開黑色皮箱對女侍說她有：「Everything.」顯然對從舊有生活經驗中攜帶出來的一切自信滿滿，這是她將用來應付眼前冒險旅程的法寶；擁有這些東西才構成她這個人，這是代表她自我身分、人格認同的基礎物品。對它，她還懷抱不能放。

　　下一章，我們看到一個因為失落了愛，變得讓人很難去接受的醜怪嬰兒，多疑、剛愎、苛刻，具毀壞性而非神聖性，是野東西而非天使，不同於固定模式甜美順從的健康嬰兒，

都吃到打噎吐奶了才睡覺。當一九六〇年代近期歷史中的兒童，都傾向被描寫光明面，這陰影的小孩卻有這般不可能的爆發能量，可以在短短數秒內變換面貌；而我們以前都是這樣，每個小孩都是一個醜小孩，她有其可信度。成人和父母要像格林童話裡的母親一樣，找到可以換回真實嬰兒的護符。在這裡則是 Jennie 記起嬰兒的名字使她恢復真實身分。

　　啜著柳橙汁說：「好喝好喝」，試圖誘惑嬰兒吃東西、用「如果妳不吃就長不大」曉以大義、或乾脆代替她吃掉水煮蛋，嬰兒還是執意做對：「不好喝」、「不吃」、「不長」、「大叫」。讓嬰兒吃飯任務失敗的 Jennie，在她的旅程裡第一次決定為她自己以外的某人設想，為另一個生物的福祉負起責任：「我要自己帶嬰兒到遙遠的城堡」，甚至不在意嬰兒破壞她沿途攜帶的個人寶貝。在下降到房子深處的過程中，她選錯了走道，再次意外闖入她最後一關的考驗：面對獅子。這場對抗中 Jennie 遇上了她旗鼓相當的對手，獅子比其他生物更概括出本性狼吞虎嚥的實質，這是英雄下降到黑暗中冒險所遇到的食人魔／巨人／怪物／野獸；是她有意無意，進入自我精神迷宮彎曲小徑時遇到的「象徵形象」：Jennie 的象徵父親，萬獸之王。（參見：圖（一））

　　繼承了牠貪得無厭的食慾，以及獅子準備吃她前和她漠不關心的對話，其實就像她自己吃光植物所有葉子前和它毫無感情的對話；當她進入地下室，她就面對這種無底洞般食

圖（一）

慾的殘忍。獅子一咆哮「又一個褓姆，而且還是個肥的」，
Jennie 只能滑稽的啜泣回應：「我只能待一分鐘」。當獅子
威脅地嗅著袋子裡的嬰兒一邊吼叫「嗯，……我很久沒吃嬰
兒了」，引起了 Jennie 意料外的反應，她再次展現了她的大
膽，把自己放在獅子與嬰兒之間，這是一個代替了自我中心
的利他品質。Jennie 想用來賄賂獅子的寶貝「everything」已

經破成碎片，這也迫使她徹底放下一切包袱，與過去割裂，進入重生的契機。

　　面對黑暗中獅子的冷酷，Jennie 自己過去有主人羽翼呵護的高傲身段放下了，代之不滿足的心驅動她原始感情被誘發出來，一向只知拿取的 Jennie 變得會回饋了。在心理事實上，Jennie 對抗的獅子，是她自我鏡像的扭曲，是發現自我的希望，就像 Jennie 在她追尋意義過程中想得到的，最終必須回到我們拒絕或壓抑的自己。Jennie 的弱點就是一點都不和緩的魔術師般食慾、一點都沒有節制的飢渴、貪婪的欲望，吃掉她存在中的所有東西而沒有任何回報。現在，兒童魔術師英雄沿著自我中心的道路，來到原有感知被分裂、超越，得到治癒而謙遜的關鍵時刻，貪吃的人自願被別人吃。在這嚴苛的時刻，Jennie 絕望而勇敢的告訴獅子：「請吃我，反正我需要經驗。」這種俏皮話在嚴肅和幽默之間持續交互作用，在恐怖和有趣間給予這本書不尋常的平衡，像野獸國裡描繪野獸的矛盾組合。

　　無意中提到「鵝媽媽」，原以為將是她說的最後一個字，但在她明顯自我犧牲的行為裡，卻神奇且再次意外地遇上解救她性命的定則。她認為被吃將為她帶來她需要的經驗，但這只是最沒有想像力的一面，事實是她必須純粹願意被吃，以便有機會能成功獲得經驗。在考驗的高潮時，鵝媽媽這護符保護了 Jennie，並讓她的生命和藝術有

了目標。Jennie 把頭從獅子口中伸出來，Higglety Pigglety Pop！還是快樂結局的童話，幽默不悲慘。數千年來，這張護符就安置在我們集體的鵝媽媽韻詩裡。不管何時對孩子哼唱這最古老意味就是保護孩子睡覺的咒文、嬰兒聽的第一個文學形式，這語言古老、口語的力量就能把嬰兒送回她應有的位置：溫暖的搖籃裡，與父母親情的愛連結，得到完全愉悅的保障和最終、圓滿的歸宿（Cech，1995：158~159）。

提到鵝媽媽的名字後，獅子用嘴叼起嬰兒，壓下秘密出口按鈕跳離開房子。根本不知道自己是否已成功解救了嬰兒或得到需要的經驗，Jennie 現在進入和剛出發時一樣星星閃耀、月亮滿盈的森林，出發旅行以來頭一遭的孤獨，她陷入失去所有的沮喪中。　這裡，她再次與植物世界的代表人談話：一棵樹骸。和 Jennie 在故事開始一樣「擁有所有的東西」，令 Jennie 吃驚的是它卻有和她現在一樣「生命不應該只是什麼都沒有（There must be more to life than having nothing.）」的感嘆。也許接下來借由樹骸口中說出的惋惜也正是 Jennie 當初尚未釐清的心理癥結吧。

「冬天即將到來」，是樹骸為何感傷的原因。就像人生中蕭瑟的冬天：死亡，威脅進逼著我們的藝術家 Sendak。不管有多成功，如果親人、朋友、寵物都一一離去，自己也在必死命運的刀口挾持下，人最終還擁有什麼呢？自幼體弱多

病的 Sendak 與死神一直是貼身近距離相處，他不至於怕死，卻有最多長考。死亡必須是最後的終點嗎？ 當冷冬降臨，鳥兒遠飛、葉枯落埋，到頭來的「什麼都沒有（I'll soon have nothing）」，是所有曾活過的生命最糾心的苦悶。就算它曾經是「最知名、最令人滿意」的樹骸，它還是落得只能在無盡黑暗嚴寒裡瑟縮。生命的意義是什麼？

　　Jennie 是擁有愛她的主人，但主人會逝去；她有高貴的物質享受，那也不長久。心有戚戚的 Jennie 已經旅行了一段時日，卻似乎在她的追尋中沒有完成任何事情，沒有什麼比在冒險開始時更有意義。有一個不同，Jennie 有經驗，她把頭放在獅子口裡而活下來，但她沒有認出因這經歷使她生命品質發生的變化。滿月下三個背光的魔幻剪影在遠處召喚，迷濛美好的未來逐漸清晰，追逐鬥爭的夢境已經結束，豬、貓、女侍來歡迎她加入世界鵝媽媽戲院公司。當她質疑自己從未完成任何經驗時，最神奇地，鵝媽媽親自到達，從一直掛在這風景上方的滿月變身出來，說：「妳把頭伸進獅子嘴裡，那就是個經驗！」

　　小結：

　　Sendak 在這裡告訴讀者，真正有意義的經驗，不是實質完成什麼豐功偉業、為拯救全世界而拼命，而只是發自內心一份自我犧牲的愛。生命的意義在自身擁有愛人的能力，解決人生空虛唯有：愛！讓生命延續、精神不死。弗洛姆曾指

出，真正的愛不是被動的接受，更不同於那種自私的占有，而是付出、給予和承擔，它是人的內在精神豐沛的標誌，是一種創造性的活動。幸福並不只在享受愛上，它還在為他人做出的犧牲上，這樣的愛是有生命力的（汪劍釗，2002：57）。

從包容的圓，到完滿的月亮，幻化出鵝媽媽形象，結合了她們相同的溫柔、陰性、魔法、無意識女性特質；鵝媽媽扮演嬰兒角色，因為母親最了解嬰兒情緒、照顧嬰兒肉體，嬰兒將來也能扮演母親角色，而她現在最需要母親；這複雜、共棲內涵的結合，使 Sendak 達致一個超完美的聯結。鵝媽媽公司宣布 Jennie 成為女主角，她終於了解自己作為一個藝術家充分的潛力。走出溫室經受過風雨，從飲食的強迫性枷鎖解脫出來，控制自己的口腔慾望，甚至願意被吃，主角才能從耽溺中覺醒，追尋成長之路（郭鍠莉，2003：30）。學會真正去愛，才通過世界鵝媽媽戲院的考驗（人生的考驗），有資格站上人生的舞台發光，生平第一次經驗圓滿：演戲。這是一個最自由的靈魂、完整的人滿足的叫喊：「多美好啊！」。

當 Jennie 終於把寶貝黑皮箱空空如也地丟棄在陰暗森林中，在這似有暗香浮動的自然意象對比下，華而不實的皮箱象徵了之前不充實的生活。Jennie 已經坐上獅背（像 Pierre 全家一樣）到英雄冒險之後等待著她的伊甸園，在那裡過著有創造力，與人分享創造藝術的快樂生活了。Max 仍必須再

多次經歷與野獸的交戰，Pierre 還會繼續生氣，Jennie 則更進一步尋找生命意義，她是 Sendak 第一個成熟解決不只是暫時，而且是永恆問題的兒童；比起其他兒童首先要求被愛，她更進一步要主動愛人，不否認死亡，而像 Campbell 說的：「不是對抗，是超越人類共通的悲劇。」（Babbitt，1987：153 ）

第四章　青鳥飛升

第一節、In the night kitchen（廚房之夜狂想曲）（1970）：

「噢！生命，歡迎你。我可以第一百萬次遭遇到經驗、真實的狀態，並且在我靈魂的熔爐中，冶鍊出人類未曾受造的良心。」

～引自喬哀思（James Joyce）《一位年輕藝術家的畫像》

從一九六八到一九七〇年的二年半是 Sendak 生命中最難熬的時光。從英國心臟病發回到紐約後不久，他的母親死於癌症，然後父親死於癌症，四十多歲的他，頓時陷入變成一個孤兒的悲慟中。但同時這也是他最好的一段時間，一九七〇年他贏得了兒童文學界的諾貝爾獎——安徒生獎（Hans Christian Andersen Medal）。

為本書 Sendak 更深追溯了他的過去，他說：「在我的正中心，痛得像在煉獄煎熬。」Jennie 還只是在一齣別人的戲裡演戲的藝術家，Mickey 已是一個被賦予力量，為自己的音樂作曲的有力小孩。它的靈感來自 Sendak 小時看過一

個廣告上寫：「我們在你睡覺時烘培！」這大大惹惱了他，想整晚不睡覺看看成人究竟在做什麼。「我記得我通常留下折價券，在我必須上床睡覺時，拿出來看這三個小小胖胖的陽光烘培師去這好吃的地方玩樂。」現在 Sendak 已經長大可以熬夜到很晚，他帶我們去看在夜晚的廚房是怎麼一回事。

　　Sendak 說過，《廚房之夜狂想曲》是關於兒童掌控強烈情緒的三部曲作品之二，他並沒有要造成爭論，但卻比三部曲之一的《野獸國》遠更具爭議性。Mickey 裸體飄在幾十萬顆年輕、敏感的心靈前，對不再敏感的成人心靈來說不是小事。他們震撼地反彈，拿起奇異筆或不透明膠帶就蓋住生殖器，甚至圖書館員在這英雄的屁股畫上尿布或不動聲色把書下架，這種禁慾的集體美國意識到今天仍挑戰著 Sendak 其他書。六〇年代雖然被認為普遍較開放，但仍充斥好戰保守份子。這趟進入夜晚廚房的旅程 Sendak 有對無意識最徹底的探究，心理學家 James Hillman 將這難解夢境比之於「嬰孩黑暗面」；終結了光明，存在最深處的黑暗轉型成提供我們生與死心理經驗的意象。

　　Sendak 努力突破限制，這是他新的「胖風格」，穩重的框線、矮胖角色、填塞過度的擁擠組合，平塗色塊就像他小時看的漫畫風格，特別是早期華德迪斯奈的漫畫書。主角借用的是 Sendak 最好的朋友米老鼠（Mickey Mouse）的名字：Mickey。很高興自己和米老鼠誕生在同一年（1928），Sendak 從小就瘋狂迷戀所有米老鼠的相關附加產品：電影、廣播、漫畫、卡通；這一九三〇年代新興的兒童流行大眾文化和紐約市，強烈塑造了他早期的想像生活，造就了他之所以為今日的他。但這文化對比卻使來自舊世界的父母親不理解、不欣賞他的性情、才華、興趣，使 Sendak 童年因此調

配著強烈元素，揉合出生活和藝術極端的反方向，形成人格衝突。

二次世界大戰前，Sendak 十二歲的木偶皮諾丘年代，隨著家人知道他們歐洲親戚的死亡，他童年的最後快樂也褪色，他為自己的享受感到難過。某種程度上，In the Night Kitchen 意味著要恢復那因戰爭而失落的快樂，同時也追弔他創作此書的一九六〇年代晚期，紐約逐漸從一個神奇的地方快速淪落成一個越來越困難、危險、充滿壓力的地方。事實上，為了健康，他已經不能再住這裡。故事結束時，一切夜晚的昏暗、奇異、沮喪，都被環繞 Mickey 的萬丈光芒閃亮照耀了，如同披頭四在一九六九年的歌「太陽出來了（Here comes the sun）」，充滿溫暖光明的意象。

繽紛熱鬧的封面告訴讀者，《廚房之夜狂想曲》將是一個越夜越美麗、多姿多采的國度，架著飛機衝破畫面邊框的主角，突進地造成了一個立體三度空間，暗示意識與無意識藩籬的崩潰，這是一趟不尋常的旅程。他擺脫時空飛向讀者，也邀請讀者進入他的廚房。Mickey 一個人半夜躺在床上輾轉反側難眠，他的床雍塞在畫面分成的漫畫格內，顯得侷促而有壓迫感，似乎睡覺對他來說並不是件愉悅的享受，大人下的「上床令」無疑是為了支開兒童，將之驅避隔離，好封鎖成人世界深夜裡仍繼續消遙玩樂的秘密。這使得能量充沛，根本毫無睡意的主角硬生生被逼上對他形

同受困的囚籠（床），感到左右掣肘、處處受限，外加不平、憤怒。

　　這是 Sendak 自己的床，在那裡他度過失眠的夜，半夢半醒，想像故事。三十幾年後他把 Mickey 塑造成大又胖，被邊框限制住的風格，對於他的床來說他是太大了；而對提供舒服睡覺的肉體空間來說他的床太狹窄，這是受限的「幽閉恐懼症」。就像 Sendak 童年被廣告上半夜不睡覺的麵包烘培師惹毛，覺得自己受到成人不公平待遇，想要整夜不睡看看他們究竟在做什麼一樣。兒童是在成人對其偏見的死巷裡摸索著成長，有時有如套上了馬勒的小駒，感覺環境限圍，有如韁繩繫勒。在橫衝直撞，企圖掙脫時，卻每每與其一無所知的成人世界之社會力量相衝突。

　　《廚房之夜狂想曲》起源於一系列鵝媽媽韻詩。因為夜晚睡覺時的意識喪失與死亡經驗連結，父母不免有把睡覺等同於孩子死亡的不安，母親們唱了幾千年的搖籃曲守護他們的孩子免於從古至今這種致命猝死症候群。在直接而個人的層次上，Sendak 對讀者表達關於上床睡覺的焦慮。在可能是布魯克林六十九街的公寓裡，Sendak 記得他像 Mickey 一樣，神秘地聽到夜晚臥室門外的低沉聲響，「像一個怕死的小孩……害怕因為我聽到它圍繞著我。我很虛弱，我有猩紅熱，永遠都有我也許會死的可能。我一定聽到了，我父母親擔心我活不下來。」（Cech，1995：182）

　　佛洛姆在《愛的藝術》提出，人被隔離及被劃開的生存狀態是一個無法忍受的監牢。事實上，隔離感是一切焦慮不安的根源。圖中的房間是瘖啞的灰和土地色調，不能拒絕大人禁制的孩子滿頭衝冠怒髮，眼皮和嘴巴被沉重的心情往下拉，處於半夢半醒之間，在醒覺和無意識之間，在無邊黑暗中馳騁在自己臆測成人秘密的幻想裡。這時床腳邊的牆上悶悶地傳來奇怪、模糊「碰！」的噪音。一架模型飛機掛在 Mickey 頭上吊燈的鍊子上，暗示故事稍後的飛行意象。下一幅圖男孩半坐在床上，完全清醒了，當他聽到更多「咚，吭，嚨」的聲音，他怒目圓睜眉毛挑高。這些是可笑、暗示性的聲音，並不是發生在真實夜裡會有的吱喳、咭嘎聲。右頁中 Mickey 爬出毯子對著床腳方向咆哮「樓下安靜！」像 Max，他也憤怒到最高點。

　　這個夢世界是令人為難的，其中充滿 Mickey 對他與成人世界隔離的憤怒、沮喪，當躺在房間，聽到樓下另一房間可能是父母做愛碰撞的聲音，他的憤怒湧出而吼叫聲淹沒了頁面，有評論家暗示這是 Mickey 無意識中的戀母情結。這是成人很難在童書中面對的議題，其實《薩摩亞人的成年》研究指出，如果一個人只見過一兩次性交，又恰恰發生在他懷著複雜感情的親屬之間，這種經歷會導致無數錯誤的假設，對於了解一般事實會產生最為可怕的片面印象、某種反感、極端的厭惡、甚至恐懼、持久的不良影響（瑪格麗特・

米德（著），周曉虹等（譯），2000：170~171）。所以過度的圍堵還不如健康的正視。

這「性」過程發出波浪韻律般的聲聲敲，似乎回應了 Mickey 對成人世界秘密的揣想，聲聲撞擊召喚著小主角，在下一頁身體翻轉升空彷彿被吸入時光隧道，回溯到生命本源的混沌之初，父母共同孕育愛的生命結晶之時。然後從時鐘我們看到幾分鐘過去了，褪去那代表他醒覺意識的人類衣物，赤身裸體得宛如再穿越母親陰道，誕生為一個純潔無暇的嬰兒姿態，因為在那裡，嬰兒與成人世界的秘密尚是連結在一起的，嬰兒尚未從成人的秘密世界中被逐出。Mickey 的裸體呈現完美的意義，像 Hillman 說的，裸體是一種心理裸體的隱喻，是與社會化、清醒真實的「穿衣服」世界區隔的好方法，以便向下旅行到另一個世界（Cech，1995：196）。Barbara Bader 則說 Sendak 的裸體小孩象徵一種神話的無限、永恆感（timelessness）。

他已掉入「不可能」，想像的掉落，掉入他自己心理的更深處，掉進無意識的世界，所以後二幅圖中的視覺連續感不再有規則可循。Mickey 的掉落最後，他興奮地高舉雙手，臉上掛著微笑；靠著自己，他到父母「sleeping tight」，生命誕生秘密的源頭去，他已進入追尋旅程的開端。過去四個世紀以來，做愛和死亡在字面隱喻上就連結在一起。其實 Sendak 有意識的想法是他自己的父母在墳墓裡「睡得很

沉」，媽媽和爸爸死在一起。早期手稿裡他畫的就是 Mickey 父母彼此手臂環繞互擁在床上，這床幾乎像副棺材怪異地出現在畫面右邊。這掉落過程成為一個在世界與世界之間、在已知與未知之間過渡的強有力召喚。不只因為它呈現兒童裸體，更是因為這令人驚奇的和緩旅程被迫類比於 Max 的到達野獸國，這是當代童書藝術的另一非凡結果。

　　這樣一個小孩顯然是腦部活動旺盛、自主性強，不滿於自己必須受成人頤指氣使的脆弱之身，對成人的成熟與力量充滿憧憬與好奇，他欲求的世界比被動接受的世界更為真實，藉由想像力可以反映欲望、創造現實。諸如靈視、幼年期性發展歷程、夢、笑話或是潛意識，都與被動接受世界現實相對，這是一種主動創造個人歡愉的更新力量，可以為兒童創造一個可期待的世界。「兒童生命組織體中騷動的性本能」驅使兒童具有好奇心，可以「重新喚醒人最初對性產生興趣的記憶痕跡，這種痕跡一開始就成為潛意識」。

　　他們被問題驅策，有知的需求，而且除了他們自認為滿意的答案外，他們不相信任何答案。兒童的幸福，有賴於佛洛伊德所稱的性的探索，也就是他們自己觀念的形成（Philips，2000：38）。好奇心必須獲得滿足，但是必須藉由幻想或是虛構的故事才得以完成。它們是兒童的工具，藉以尋求心靈的存續；兒童過著很激烈的官能生活，並且由這

種官能生活中創造出不可或缺的藝術，兒童的這種企圖，就是要在世界上重新找到一個位置。

　　接下來他的位置是快樂地掉落在廚房場景的大攪拌碗裡面。依照佛洛伊德的觀點，性的好奇心與食欲類似。典型的怪誕狂歡節，就是一場以廚房和宴席為戰場，以廚具和洗臉盆為武器和盔甲，以酒為血等等的狂歡節。這是屬於絕對生產下層的歡笑，這是生生不息和笑口常開的死（巴赫金（著），李兆林等（譯），1998：27）。性愛和飲食，與肉體的開放部分：生殖器和嘴，有不可分割的關係，不僅有生命繁衍的生物、自然功能，更具有與世界溝通和交流的重要文化作用。狂歡節上的交媾和盛宴，均有著全面開放、凱旋狂歡的特色：「在吃的活動中，人與世界的相逢是歡樂的、凱旋式的：他戰勝了世界，吞食了它，而沒有被吞食。」但另一方面，「吞食」又是互相的，人的排泄與死亡是回歸大地，被世界所吞食的表現。性愛傳遞的是生命歡樂的信息，是人與人對話與交流的基本形式（劉康，1995：289）。

　　也許，兒童比成人更了解如何面對生之大慾，在掉進的夜晚廚房裡，他們有更原始狂放的態度來輕鬆享樂。用一些一九三〇年代所有廚房都有的熟悉用品建構幻想世界：打蛋器、攪拌器、漏斗，如果把它們倒過來，就會成為建築物塔頂，烘培蘇打的盒子和果醬罐及醃漬物，如果在架上排一排，在昏暗廚房中從一個四歲小孩的眼光看來，就像是城市

天空的夜景。這幻想轉化自對家庭廚房記憶的組合，他媽媽在那裡做她的「早晨蛋糕」。廚房是 Sendak 那一代大部分美國家庭真正的生活中心，常常在老舊公寓小孩的臥室就安置在廚房旁，因此更靠近那重要的煮和吃的日常活動，和晚上不被電視干擾的談話儀式，那提供了召喚祖先精神的說/聽文化。家族的真實和心理歷史，在這裡什麼都可以被「煮」，這是要攪拌記憶和幻想、文化和個人事實等原料的完美故事場景。（Cech，1995：196~197）

　　閉著眼的烘培師似乎是瞎的，如同靈魂出竅的夢遊般，難以交流。像三胞胎一樣無辨識度暗示成人是相同的，類似早期喜劇影片勞萊與哈台（Oliver Hardy）的外形，也使他們成為無能、滑稽成人的形式，雖然他們圓圓的身體和白色的麵包師傅制服都比野獸讓人有親切感，但他們糊塗錯把 Mickey 當作需要的牛奶，卻控制了 Mickey 的命運。和夢眼微闔的 Mickey 之間，似乎強化了溝通的缺乏。Mickey 的裸體某種程度上等於暴露弱點，使他陷入無助。除了他臉上的微笑，其實他是處在和 Max 一樣的困境，面臨被三個巨人吃掉的威脅。掉進廚房，沒有人認出他是重要的。

　　被沉浸在自我中心意識，無視他人存在的麵包師莫名淹沒在麵粉糰裡。此時他無法解救自己，Mickey 小手從陷人流沙似的麵粉糰中伸出來，發出最後的無助訊號，一種明顯的死亡暗示。在 Sendak 原版的故事裡，廚師告訴 Mickey：

「你頭朝下掉下床，所以你死了。」這是 Mickey 的、所有孩子的共同命運，經常被成人不懂尊重他人地粗魯攪拌淹沒，埋葬在不關心的漩渦中，強迫失去主體性。喪失個體認同，無異死亡。書中轉捩點是他被送進烤箱，拒絕被動接受命運，他給了自己一個推力，他掌握自我了，掙扎著像 Max 一樣主張他的自治。

　　Mickey 不願讓成人忽略他或型塑他或限制他，他從蛋糕爆跳出來，吟著鵝媽媽的韻詩（這保護孩子的護符）之一，大膽主張他的本體性：「我不是牛奶牛奶不是我！我是 Mickey！」「死」而重生，他的命運從這碗材料裡塑造。小王子因為心繫家鄉那朵他唯一的紅玫瑰，因而能在浩瀚黑暗蒼穹中定位出為他特別閃耀遙遠的那顆星。孩子需要的就是這種紐帶，希望自己獨特的光芒在茫茫人海中被辨識出，被父母珍惜。那玻璃般脆弱的心如小王子，他們需要建立愛的「認養關係」。

　　三個廚師終於張開眼睛，「盲目」的命運已經被新的魔法結束了，那讓小孩不會迷失，不會被另一個世界吃掉的個體認同護符：名字；這秘密（secret）而神聖（sacred）的字眼（有相同的語源學意義根源），使我們與其他事物區隔、定義，並解救我們。當聲明、強化了自己的主體性，就是一個不容忽視、有力量的人了，也是有了主動和人連結的意願。要被愛之前，先愛人。

　　Sendak 說：「Mickey 必須用各種可能的方法照顧他自己，因為我認為他是在死亡的領土，找不到父母幫助他。所以用他的鎮靜、敏感、和基本心智，他為自己做了架飛機⋯⋯他在他非常懸疑、奇怪、神秘的經驗中做了些事來證明自己。」（Cech，1995：202）Sendak 作品中的兒童幾乎都是這樣孤單地獨自面對問題、迫切地解決問題，Mickey 也在與成人隔離中品嘗憤怒。他其實還想更多參與、分享成人世界，他不要，也害怕一個人早早上床睡覺，但大人不明白，其實他需索著愛。在靠自己人格品質完成超越，得到成長的力量後，他將對愛有更多信心。

　　下一頁，Mickey 狂熱展開行動。充滿魔法的他穿著既大又厚的塊狀麵糰，先停下來想一想他要從這準備發酵的麵粉堆做什麼，然後「捏－打－捶－拉」，做成一架飛機，這暗示著是一個手淫的幻想，事實上 Mickey 在夢中是拉陰莖（最後一格圖中的螺旋槳長翼）也「準備發酵（ready to rise）」了。這令成人聞之色變的兒童性衝動胚基是與生俱來的，通常在三、四歲之間孩童的性生活已頗易加以觀察。佛洛伊德將幼兒式的自慰區分為三期，第一期屬於哺乳的幼兒，第二期發生在大約四歲的時候，有一段短時期性活動頻繁，第三期才是大家所注目的青春期自慰。

　　利用這一股生之本能成為創造力量，Mickey 發動螺旋槳起飛，從令人困擾的圍裹裡掙脫出來，航向空間、感官上

的雙重自由。尼采說：「肯定生命，哪怕是在它最異樣最困難的問題上；生命意志在其最高類型的犧牲中，為自身的不可窮竭而歡欣鼓舞——我稱這為酒神精神。」（金惠敏等（編），2001：332）酒神藝術家是「超人」的原型，是有著健全生命本能的創造者。Mickey 這位藝術家在低潮境遇當前，仍頗具狂歡節精神的，把痛苦與毀滅當作審美的快樂來享受，這使他與宇宙間強盛的生命意志息息相關，是生命力過剩的氣概表現，呈現一種高度的力感。

　　神話地、隱喻地，這夜晚廚房彷彿讓人看見一個唧氣筒正呼呼鳴叫、白煙還滾滾騰繞的忙碌夢工廠，成人燈火通明在此掌握製造生命的秘密，或創作屬於世界一切的智慧：不管是從難以辨別的原料裡做出蛋糕，從原本不定形的塊狀裡做出飛機，或從奇怪的行為（性）裡結晶出生命。但這些成人廚師要成功的可能，及製造法則的周延度，反倒還要仰仗這原先被排除在外的典型小孩力量。諷刺地，兒童用了成人平常所不屑、不能容忍的顛覆方式：藉他自慰勃起的精神飛機在上帝、人類的上層、下層世界中穿梭，去找到遺失的不可少的原料，實現成人須要的創造。正如幾頁以後他說，他是用「自己的方法」取得牛奶（I get milk the Mickey way）。

　　佛洛依德認為所有心理的症狀，產生於個人性慾和社會輿論之間的心理衝突，這種衝突透過置換來表現，小孩也不例外。每個小孩在遊戲中把被禁制的慾望置換為可被

社會接受的型式，在其中表現得像個富想像力的作者，他創造了自己的世界，並用更好的方法重新安排這個世界。Mickey 就是用這天賦，使他的情緒得以宣洩疏導。右頁中Mickey 幸福地駕著飛機，他的飛機似乎不耐飛，還顫抖著從機尾再掉下些麵粉糰，看起來明顯是小孩玩意兒，凹凸不平、下垂，就像四歲小孩從幼稚園帶回家的黏土作品。但當 Mickey 驕傲地發動了螺旋槳，夜晚廚房沐浴在溫暖的粉紅和紅色裡，他飛過一棟貼有「安全發酵片」標籤的建築物（Bosmajian， 1999：101~102）。

　　飛上、掉下、搖晃、自由沉浮的空中飛行，經常出現在喜歡興奮感的小孩夢裡，照佛洛伊德的說法，夢中的飛艇因為其飛行和其形狀的關連，成為男性性器的象徵。男人的飛行夢是具有肉慾意義的，這種飛行的夢好多都是勃起的夢。這種性衝動在夢中表達時，會伴隨被禁制的焦慮感出現。因為平日意志多受壓抑，難免心生「無法行動」、被禁制的矛盾痛苦，而這強有力的深層感受，在前意識管制下很難言表，只能在刺激飛行的夢中才讓潛意識原慾衝動露出端倪，讓夢為它發聲。

　　現在沒有牛奶可作蛋糕的烘培師，顯得缺乏掌控力，對 Mickey 受挫地敲杯擊匙，沮喪哀嚎：「牛奶！牛奶！」要彌補成人世界的無能與失敗，再用成人一貫的手段明顯無法奏效；幼弱的 Mickey 是顯得更有資源、有能力、冷靜

自信的。他微笑向廚師行舉手禮，安撫他們慌張失措的情緒，抓起他們手上的量杯戴在頭上當帽子，主動釋出幫忙的善意，飛上取牛奶的路線，他證明了自己的能力。第一格圖中，Mickey 越過了一面寫著「冠軍（champion）」的旗子，這是 Mickey 目前狀態的表述，同時也是 Sendak 前幾年心臟病發從一家英國醫院醒來時，聽到護士對他說的第一句話。隨著 Mickey 的飛機越來越將月亮拋在更遠的下方，暗示他掌握了自己的主導權，他微笑著好像在放話：「看我的，我可以幫你，讓我加入你們（成人）的世界就對了。」大牛奶瓶身底部一個招牌像是為他喝采：「驚異（wonder）」。

　　在這夜晚廚房中，一切容器、廚師都比 Mickey 巨大，佛洛伊德說這種「巨大的」、「大量的」、「非凡的」、「誇張的」東西都是兒童夢中的一大特色。也許是覺得自己在現實世界的渺小卑微，所有東西在他們都是沉重的威脅，他們一心只盼望快快長大。下一頁，在夜晚廚房全貌中，我們的英雄終於飛上所有東西的最高點，他逆轉了之前被矮化的精神高度。一度曾佔滿整個頁面的龐大廚師們現在卻小得滑稽，癡癡望著至高無上的小孩熱切期待他能解決問題。廚房裡唯一巨大牛奶瓶光滑、樸實的形式和其他五花八門、精巧設計的現代容器區隔開來。和 Higglety Pigglety Pop！裡的牛奶馬車一樣，這一九二〇年代晚期和一九三〇年代的象徵，造成了意外的懷舊深度。

　　在下一頁四格圖中，本來代表騷動、喧囂元素的 Mickey
潛進牛奶漂浮其中，當他身上的硬塊開始在超大牛奶瓶裡溶
解分裂，他漸漸露出了對比的「牛奶裡機靈的小身體（mobile
little body in the milk）」，回到最自然純白的原始。這個過
程，意味著以最普遍、受輕視、衰敗的物質，如：有魔法的
草藥、石頭、牛奶、精液等做開端，透過提煉粹取出精華物，
可將黑暗、混亂轉化為稀有、澄淨的物質。這是一個使工作
者純淨的生存神秘，也是 Mickey 成長過程釋去情感雜質，
得到純淨的愛的境界昇華（Cech，1995：206）。

　　在盡釋前嫌，回過頭幫助那曾經排除、背離他、幾乎將
他滅頂的成人敵人，去取得他們須要的牛奶時，Mickey 潛
入瓶底，到達更深的另一世界，一個徹底達成轉化的世界。
在這牛奶裡 Mickey 得到解脫、救贖，他的寬懷原諒使他身
上最後一層防衛、無情的繭殼脫掉了。露出柔軟的肉體，毫
無防備、毫無招架之力，這時他才能接受召喚、釋出愛的能
量，愛才有將他包裹的可能。同時這牛奶瓶奇妙地是一個雌
雄同體的容器，結合了男性和女性特質。一方面具有陰莖的
形狀，陰莖崇拜的能量，同時它是一個白色子宮般的寢室內
含著一個小孩，Mickey 在牛奶（羊水）裡游泳。它包含了
白色女性液體，而這液體的顏色也和精液一樣。狂飲牛奶，
Mickey 把我們共通人性，二種相反的男性和女性意象結合
在一起（Cech，1995：209）。（參見：圖（二））

　　唱著連結他自己和牛奶的歌：「我在牛奶裡／牛奶在我裡面／上帝保佑牛奶／上帝保佑我！」在陰陽二性象徵共同包容下，Mickey 回到父母親共同孕育生命之初，那因愛結合水乳交融的圓滿時刻，個體生命彼此連繫為最完整緊密的同體。舒服安全地漂浮在母親子宮中，他已體會到被父母愛擁抱的溫暖、永恆，有父母的愛保護、支持他，他將有更純粹的自主愛人的能力。在得到他好奇的成人世界秘密解答，找到自己生命出處的同時，他更找到在世界存在的位置。

　　對兒童來講，過著好奇的生活等於承認喪失某些事物，因為希望某件事發生就是這件事不如人意。而對佛洛伊德來講，兒童的好奇「正是」他們的性欲，兒童幾乎是憑藉著對性的好奇心而存活下去。正是這種對性的好奇使兒童和成人「教育的理想」產生重大衝突，兒童想要知道性欲是什麼，但是成人告訴兒童，他們應該知道的是別的事情。當文化行為規範加諸兒童身上時，兒童會充滿憤怒。他們體驗快樂的驚人能力、對感官經驗熱切的喜愛，如布雷克所說的活力充溢（exuberance）表現，常常使視其為情緒的大人感到不安。為了在這夾縫中爭取自我型塑的自由，兒童須有高度的心靈活動能力進行自我對話，轉化為可接受的創意形式，才能像 Mickey 在性欲探索的無意識旅程中，以愛化解隔絕感情的怨忿高牆，自我超越。

圖（二）

　　佛洛伊德強調「文明」性道德所具有的不良效果：「大體上，我並未感覺到禁絕性欲有助於培養出有活力且獨立自主富行動力的人、具有原創性的思想家、或是大膽的解放者與改革者。禁絕性欲往往培養出守規矩的弱者，他們後來會迷失於大眾之間，而大眾則傾向於勉強接受有影響力的個人的領導。」（Philips，2000：36~46）這無意識的奧費司旅程上上下下：下到心理深處、生存的深處、到死亡王國，它在現代文學裡的意義是「為了遺失，模糊記得或遺忘，壓抑的自我。發現在物質和歷史存在表面下真正的自我。」它讓 Mickey 掉入心靈黑暗的最深處接近死亡，然後發現自我力量的泉源得到重生，往上回到生活和創造進入歌唱。

　　奧費司是相反事物的調解，融合了阿波羅的太陽光芒和酒神昏暗的知識（Cech，1995：208~209）。就像牛奶瓶的陰陽調和象徵，在這裡人才感到完整，意識與無意識世界，二者缺一不可。Walter Strauss 提醒我們，是有了兒童提供無意識、黑暗、想像等這「什麼都不是（nothing）」的因素，成人廚師們現實中的無能、缺憾才獲得填補，終於可以烘培蛋糕並用一首歌來慶祝：「牛奶在麵粉糰！／牛奶在麵粉糰！／我們烤蛋糕！／什麼都不是很重要！（nothing's the matter）」的確，成人世界終於承認了「什麼都不是」根本不是什麼都不是。

　　取得做蛋糕魔法原料的 Mickey 現在已經是完全有力量的了，他站在牛奶瓶口對著破曉天光中通亮的夜晚廚房唱：「Cock-a-Doodle Doo！」如雄雞啼鳴，頗有渺小不等於卑微的氣勢。經過房子相同的窗簾時他已經打哈欠，最後回到自己的房間。因為曾在夢裡達到遠高於月亮之上的頂點，這次他是從夢境把他帶到的高點往下掉回床上，旅行過所有的地方，他已經成為神聖的小孩。這完全放鬆的時刻，Mickey 愉悅的超越了物質世界，害怕的「oh」變成勝利的「ho」。不再失眠，不再不安，蜷縮身子香甜入睡，疲倦的「hum」，到早餐時在睡中記起他佔最大功勞製造的美味蛋糕，發出滿足的最後一聲評論「yum」。

　　以被隔離的憤怒為開端，以對性的好奇為開端，主角引導自己的靈魂穿越黑暗領域，最後讓豐富完整的愛滋潤了他，終於知道父母還是愛自己的，因此有了對愛的信心，現在他可以安心進入夢鄉，沒有被隔離的憤怒，或死亡的恐懼。最後一頁，我們看到 Mickey 再次穿著他另一個世界的英雄服裝，抱著一瓶牛奶擺出凱旋的姿態，被輝煌的黃、粉紅、橘色太陽光圍繞，「而那是為什麼要感謝 Mickey，讓我們每天早上都有蛋糕」。

　　小結：

　　這不是一個普通的訊息，這蛋糕不是真的蛋糕，夜晚廚房永遠在變換地點。事實上我們不是每天早上都有蛋糕，但

想像上我們每天都可以有蛋糕。而 Mickey 曾參與創作這個蛋糕——成人世界所製造的生命或創作的物質，為其完成找到那遺失的生活本質原料，做出關鍵的貢獻。這趟旅程突進了童書中封鎖的禁區：死亡、身體、性特徵、無意識的動力、靈魂的運作。為什麼要發堀一些潛在未安定的，或勢不可擋的古代祖先力量？當我們下降到個人另一個世界時激起的那些似乎混亂、威脅生活的、不合理的神秘物質，為何被視為有價值、重要、有趣、可提高生活？

　　「上」和「下」具有絕對的意義。上是天，下是地，地有吞納的本能（墳墓、肚子）和生育再生的本能（沃土、母親）。上就是臉，下就是生殖器官、腹部和臀部。而這裡是「下」的無意識置之死地，經過鄙俗化的作用提升到「上」的位置，使 Mickey 在意識界裡得到更好品質的生存。本書的危機與恐怖也鄙俗地在萌芽狀態中就被消除，一切都轉化為漫畫式的幽默快樂，這是世界文學中最大無畏的一種作品。對一切怪誕風格來說，瘋狂這一主題都是個很典型的現象，因為它可以使人用另一種眼光，用沒有被「正常的」，即眾所公認的觀念和評價所遮蔽的眼光來看世界（巴赫金（著），李兆林等（譯），1998：46）。

　　相對於開始時從床上掉下黑暗無意識，在一個故事的循環後，Mickey 現在是從無意識界往下掉回床上，回到地球，他的臥室現在在夜晚廚房下面。所以，原本在最底層的無意

識界，這時候已經翻轉到物質世界之上，Mickey 的二個世界結合了（Sonheim，1991：179）。James Hillman 說：「每個夢都是進入另一個世界的實行，一種死亡的心理準備」，它可以幫助我們想要發展「更深智慧」的靈魂得到深度（Cech，1995：182）。像 Pierre 或 Max，他已經歷過生命中必須為自己找出路的動盪時刻，在另一個世界裡被他的經驗滋養變強壯，現在回到那他已準備好再次面對的世界。

第二節、Some Swell Pup or Are You Sure You Want a Dog？（1976）：

「人是生而自由的，但到處都受著束縛。好些人自以為是別人的主人，其實比起別人來，還是更大的奴隸。」
～引自盧梭《社約論》

自從 Sendak 的愛狗 Jennie 在一九六七年死去後，他就花了很長時間做心理調適好接受下一段新關係，加上他新的黃金獵犬和德國牧羊犬夥伴似乎沒有那麼聰明，因此他被迫不得不重新學習去欣賞牠們的天賦優點。這本書中描寫的壞小孩其實就是他自己，書中的小狗就是他的狗 Io。和他合寫這本書的專業訓狗師 Matthew Margolis 幫助 Sendak 耐心地去看待自己不聽話的狗，自從他接受了牠們的

獨特性之後，他就開始覺得牠們有趣了。「你可以處理好小狗——或嬰兒，只要你不把舊敵人投射在牠們身上」，這是本書所要說的。

　　這本對作者本人來說很重要的書，卻是他一生中反應最差的一本書。Some Swell Pup 沒有入圍凱迪克獎，一向敬重 Sendak 的童書界，對他最近的表現呈現強烈負面評價，Sendak 說：「我經歷了這一生最殘酷的評論。」令最多讀者震怒的是他的狗在書中隨地大小便，而且不只一次，是好幾次；Sendak 對大家的反應冷淡感到難過。一般評論認為它重複而瑣碎，其實這是 Sendak 要呈現的主題：小狗和小孩都是令人無法抗拒的可愛，但在養育牠們的過程中也有一大半都是沉悶無聊的。

　　標題頁上，二個小孩趴在窗口無聊地說著：「好想養隻小狗。」這是在成人世界裡扮演受照顧者弱勢角色的兒童，在找尋情感轉移對象，好讓自己成為照顧他人的強勢角色時，最常會有的願望，就像大人說：「好想有個小孩」一樣。有愛，想要付出。然而大人常不知如何照顧小孩，許多自以為愛小孩，全心全意為孩子著想的大人，最後豎白旗坦承無法勝任，或甚至毫不自知地，以自認為正確的方式教育小孩。孩子一向從成人身上模仿、學習照顧行為，在面臨嗷嗷待哺，比他更年幼無知的小動物時，也自然套用成人愛的既定模式，未覺不妥。

　　這時一隻披著長袍類似聖者形象的大狗，像送子鳥般送來一隻從竹籃布巾下探出頭眨眼張望的初生之犢；如同上帝為我們送來嬰孩。因為初生，所以惹人愛憐。男孩讚嘆：「『他』

好可愛！」女孩附和：「『她』的確是。」但三千寵愛隨著小狗撒了一泡尿後淹沒了。緊接著牠展開迅雷不及掩耳的瘋狂撕扯、濫咬破壞行動，前一分鐘還是天使般的可人兒，搖身一變成喪心病狂的惡魔。一個小時過去，房間已經像浩劫後的災難現場，在房子搖搖欲墜中，狗兒的主人決定送牠上訓練學校，進行「改造」。雖然小狗被滿臉橫肉的校方人員強行押走時哀嚎頻頻，主人卻是毫不動情。畢竟為牠好嘛。

　　十分擬人而戲劇化地，不久後小狗咬著學校通知書回來了，信裡還對小狗破壞的學校公物索賠。正在主人惱羞成怒時，小狗已逕自在地上留下一坨大便。女孩說：「『他』該打屁股。」男孩說：「把『她』抓起來。」大狗這時以守護神的姿態從窗口出現了，牠指責主人：「你們根本不了解小狗。」主人辯稱沒有對小狗做什麼，是小狗失心瘋，吃了所有的東西又攪亂一切。大狗見怪不怪，說：「完全正常。」看大狗寬容地接受被小狗咬鼻子、撒尿，竟還說：「一隻正常的小狗每件事情都會做錯。」二個主人笑得直不起腰：「牠比小狗還不正常。」主人堅持他們做的每件事都是對的，大狗無奈皺眉：「典型的父母。」

　　主人終於向大狗學習與小狗相處之道。首先，必須永遠溫柔、不能體罰、不用命令、不要把牠當東西搶。學習過程中，主人的狀況受到小狗表現影響而陰晴不定；聽話時愛牠入骨，不聽話時則又恨牠而醜態畢露。這種所謂愛的真正心

態在他們各自夢中無所遁形。男孩夢見小狗變成威武大狗守衛著他，身上掛滿寫了「最聰明」、「最好」、「最強壯」、「最忠誠」、「最乾淨」的勳章，嘴裡還咕噥：「我屬於他。」女孩則被嚇退躲到大樹上。女孩夢見躺在同樣由小狗變成的雄壯大狗身上，大狗邊愛撫般以舌親舔她邊說：「我要永遠當妳的奴隸。」尾巴上還吊著鈴噹作響取悅她，把男孩結結實實壓倒在雙掌下，女孩讚賞：「好孩子。」

　　就像男孩說：「都是我的。」說穿了，他們美其名為愛的這個對象，只是一個被佔有物，前提是要聽憑差遣使喚，對其說一不二地服從，才能得到施捨所謂的「愛」。但現實中小狗的不受掌控依舊故我，主人最後使出殺手鐧：「假裝不愛牠」，好讓牠吃苦頭學乖。小狗果然吃到苦頭了，悲傷地一蹶不振，女孩還說：「狗是沒有感情的。」現在大狗教導愛的課程進入第二階段。故意把小狗帶到戶外，讓牠迷失在森林裡，頓失所愛的主人感受到強烈情感撞擊，狂喊：「我們會耐心、理解」、「不管你做什麼我們都愛你」。

　　垂頭喪氣回家後，竟意外發現門上的破洞和一團亂的屋子，主人驚叫：「亂得好」、「多美啊」。對著沾滿泥巴渾身發臭的小狗又抱又親，即使小狗再次隨地便溺，他們已經知道「沒有人是完美的」，甚至發出：「你就是要愛！愛！愛！」的洪音，美籍直達天聽。這本書並不真的在談論小狗，而是兒童的隱喻，Sendak 在為兒童發聲。

第三節、Outside over there（在那遙遠的地方）
（1981）：

自私小孩的禱告

我要睡覺了，

求主保佑我一覺到天亮，

如果我就這樣死翹翹，

求主讓我的玩具全壞掉，

這樣，其他的小孩也玩不到——

阿門。

〜引自薛爾‧席弗斯坦《閣樓上的光》

　　這一年年尾，像是無意識地回應外界的批評，Sendak 沒有用理性的方式，而用一種無法解釋源自內在的感覺創作。在距離三部曲的《廚房之夜狂想曲》十一年之後，距離《野獸國》十八年之後，《在那遙遠的地方》誕生了。這個故事萌芽於 Sendak 為格林兄弟插畫的採集故事「The Goblins」。一個忽略了孩子的媽媽，她的小孩被六個小人用假的醜小孩代替而抓走，以及俄羅斯童話「The Magic Swan Geese」，一個受父母之託照顧小弟弟的姊姊自己跑去玩而讓弟弟被天鵝抓走。

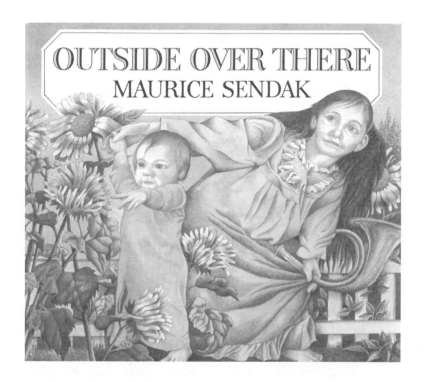

　　這二個故事都表現了當一個小孩被賦予照顧另一個小孩任務時，所會產生的自古手足對抗的問題。故事探討的比較不是關於情節，而是關於抽象的某種隱喻，以難捉摸的象徵主義呈現了一個兒童忽略責任，最終接受責任的童話。該時空點設定在德國浪漫時期，所以古代風格的裸體漂浮兒童、自然神秘性的浪漫傳統，德國藝術家 Philipp Otto Runge 的兒童肖像描繪對這本書的藝術表現影響重大，但其根源則深植於 Sendak 自己一九三〇年代在布魯克林的生活。

在 Sendak 出生後，經濟蕭條的一九二九年，他爸爸的服裝生意隨股市崩盤失敗，九歲的姊姊 Natalie 在媽媽外出工作時就要照顧小 Sendak。多年後 Sendak 問過姊姊，雖然她已不復記憶，但當年身為嬰兒的 Sendak 可以從她身上嗅到「憤怒的心理變態者」氣息，因為「她被和我困在一起，而我知道她想殺我。」這為時五年的創作使 Sendak 有意識進入精神領域接受嚴苛考驗，「我不是說它是一個宗教經驗，雖然事實上它是。它改變我的生命嗎？事實上是的。」某些基本面上，Sendak 覺得他已經得到圓滿，完成真實和無形，意識和無意識的連結。他完全認同 Ida 和她的旅程：「她所做的就是我做的而且在我生命中第一次知道我已經做了，這本書釋放了某種長期壓迫著我內在自我的東西，聽起來很誇張但它是真的；它像是深處的拯救，在我生命中唯一一次，我已經碰觸到了我要去的地方，而當 Ida 回家，我也回家。」

我們知道 Sendak 的繪畫把音樂列為所有藝術形式的最高等級，他工作室裡實際上是由音樂陪伴創造圖畫，這種音樂元素滲透在《在那遙遠的地方》，其實他是嘗試要寫「有圖畫的歌劇」。書中女英雄是一個音樂家，這本書的背景和靈感則來自莫札特，他在 Ida 回家的路上出現在一棟房子裡正忙著作曲。畫面中每個顏色、每個形狀都是他肖像的一部分，這本書是圖畫書形式的莫札特肖像。Sendak 堅持他「只要莫札特的聲

音……這是格林鄉村，是十八世紀，莫札特死於一七九一年；很恰當這音樂只該是莫札特。」（Cech，1995：216~218）。

這本書廣泛受到讚美，也是凱迪克獎的亞軍之一（這年的冠軍是受 Sendak 影響深遠的 Chris van Allsburg 創作的 Jumanji）。Perry Nodelman 說，《在那遙遠的地方》在三部曲中是最難捉摸、精密、富於典故與沉思的。在創作此書時 Sendak 已感覺到它將擊敗其他二本而引起三倍的迴響，他知道已經找到在創作中一直尋找的東西：「我可能不會再做另一本圖畫書了……它確實是我會做的某種書的結束了」。Sendak 稱這本書為他的「傑作」，這次他堅持要它同時劃入成人和童書市場。

Sendak 書中怪異的兒童肖像，以《在那遙遠的地方》為最，畸型的頭顱、粗壯的身材、過大的眼、醜陋的哭嚎，加上空洞的妖怪，予人一股不舒服的詭譎感，是最令人難以理解，也最不想親近的一本書。但撇開這強烈的負面直覺印象，封面上整齊的柵欄、嚴謹的標題邊框、Ida 手上光滑流線型的金屬喇叭，及淡紫色背景營造出的是一個花園寧謐的氣氛。這精密的寫實畫風，是芭蕾舞式的優雅，是無聲的音樂。Sendak 以他曾受感動的西班牙電影女童星 Ana Torrent，和個人私生活悲慘的知名歌劇歌者 Maria Callas 為基礎，創造出敏感的 Ida 形象。

　　當我們與 Ida 充滿靈性的眼睛裡，某種冷靜、安定的東西凝視相遇，她抓住讀者，帶領我們到一個非常不同的地方、風格、心情。安詳花園裡，唯一的騷動是誇張地巨大的太陽花張牙舞爪著，在嬰兒手所指向的遠方似乎有什麼不確定的因素，或許是某種只有她看得見的東西？我們對嬰兒知道得太少。嬰兒在書中是另一條故事線，Sendak 用圖畫展現每個動作都有無窮意義的嬰兒肢體的神秘語言。當這裡大自然的太陽花已經感召到遠方隱隱的神秘力量啟動，嬰兒的手指與她要去碰觸的花瓣相一致時，她已回應、融合了大自然的脈動。這抽象、類屬的有機呈現，Jane Doonan 說，使這嬰兒得以象徵化。

　　嬰兒生下來幾個月，尚未吃知善惡樹上的果子，她仍在伊甸園的無罪狀態，到達讀者的左手邊，她精妙地暗示黑暗的無意識品質，象徵地與在語源學上有「邪惡、左方」徵兆，隱藏危險的那一邊相連結。（Cech，1995：221）而這小孩是不害怕的，相反她的臉充滿了好奇，她已準備好要移動，有東西在召喚著她，這些巨花（有些是雛菊，有些是太陽花）狂野，佔領畫面。Ida 和妹妹的身體描繪佔滿畫面，在兒童的私人神秘領域裡，他們不再被成人矮化而相形見絀，突然長成足以睥睨成人的巨人。這封面既是故事風暴開始前的暫停，也是故事結束戲劇性張力被安全協商後的平靜。Ida 和妹妹這二條敘事線的音樂樂譜，一個是較大的，即將步出

童年有力量的成熟小孩，和一個較小的，呈現童年早期的嬰兒。Sendak 說，在他大部分的生命中都感覺，也許這是他一直要說的故事。

Sendak《在那遙遠的地方》的經驗，即是深度心理學家 Marie-Louise von Franz 概述，一個男人跟隨他心理女性觀點（他的靈魂）進入內心世界時，所發生自我了解的個體化過程。女性心理「含糊的感覺和心情、預感、對非理性感受靈敏、個人愛的能力、對自然的感覺，和與無意識關聯」的傾向，使一個男人理性、非情緒化的形象得到補償性平衡（Cech，1995：215）。因為從史前巫師到古典希臘的祭司，都是女性最能徹底了解神聖意志並與上帝連結，Sendak 選擇一個女性兒童做為進入他自己內在世界的象徵。他說，這是「最原始的」、「小孩的我」，是他自己最值得信任的部分。

沒有被邊框圍繞，故事寫實的畫面直接滿溢，這不是一個驚人的事件或特殊的危機，它就只是一個普通會發生的事件。一開始我們看見 Ida 訓練嬰兒學走步，她的手高舉讓妹妹自己走。接下來二個小孩之間的關係更富張力，我們從後面看見 Ida 嘗試著抱她已經開始哭的妹妹，一個戴帽子的生物躡手躡腳潛行在她們背後，故事很清楚是聚焦在這二個小孩關係的崩解。佛洛伊德慎重申言，小孩子對其新降生弟妹之仇視，事實上比我們所看到的觀察報導更普遍。Sendak 曾在紐約市目睹一個小哥哥趁媽媽進入商場購物時，重擊、

猛捶他坐在嬰兒車裡的嬰兒小妹妹,把她打得吐奶、哭叫,幾乎窒息,最後媽媽買完東西出來時她還奇蹟地活下來。Sendak 認為:「對我來說,似乎小孩就應該是這般堅韌,因為他們很早就會被最親近的照顧者毀滅。」

　　進入故事是如詩如畫的德國浪漫派景色,嶙峋尖峰、城堡塔頂、岩石海岸、風拂樹梢,金黃天空輝映海水,但爸爸的船卻航行出海了。以背對讀者的 Ida 和媽媽身影顯得沉重抑鬱,家庭正陷入愁雲慘霧的離別。打從一開始,嬰兒就是交在 Ida 手裡照顧,不是媽媽懷裡。媽媽雙手空空,心也空空,一味沉浸在身為一個妻子失去愛人的悲傷裡,徹底拋棄了一個母親角色的扮演。小 Ida 卻反過來承受幾乎有她一半大的妹妹重量,似感吃力,雙腳紮紮實實地穩踩在岩石上。她的大赤腳暗示了她深植於物質現實的奮鬥和她堅忍的體力,如果沒有不屈不撓她也無法承受她妹妹的重量了,同時這也是她將長成的腳的尺寸預期。(Cech,1995:226)雙眼空洞張望無垠海面的媽媽,除了苦苦翹盼什麼也不能做。整個家庭的擔子顯然落到 Ida 肩上。

　　而 Ida 畢竟還小,她也需要父愛,更需要母愛。此時,她的感情需求不但兩頭空,竟還需擔負起雙親丟下的角色與責任。但姐姐畢竟只是姐姐,妹妹也得不到滿足,這是為什麼 Ida 和妹妹都處在不相容的情緒困境裡。她們需要大人的愛!父母給予的愛如今須與另一個討厭的生命分享,她們形

成搶奪父母愛的競爭體系。唯一面對讀者的嬰兒臉上發光，似乎獨自發現並面對了什麼，左邊二個戴帽子的生物正航向 Ida 和她妹妹，牠們是陰影的形象，不被承認、不被面對、具威脅的，牠們如影隨形。

下一頁媽媽左手放在長裙皺摺下隱約可見的左腳上，秀髮波浪般盤繞，這是借自 William Blake 圖畫的靈感，而葡萄藤涼亭是 Sendak 對小時鄰居家庭院的記憶。因為丈夫的離開而變得麻痺，媽媽失神得像是魂魄出了竅，望向河上一艘孤獨航行的船隻，內心無聲唱著渴望的抒情詠嘆調。那被遺棄的悲慘母親，使她二個小孩也陷入一樣的悲慘。嬰兒聲嘶力竭的哭喊愛，明顯使 Ida 覺得這哭泣的嬰兒是一個令人生厭的重擔。媽媽顯然無能安撫，二頂帽子都已掉在地上。三個女人各有心事，Ida 被安排成這景色中的重點形象。其實三個人都想哭，但只有妹妹真的哭出來，Ida 和媽媽則被她哭得更心煩意亂。媽媽因失去爸爸的愛而恍惚失落，連鎖效應是，Ida 和妹妹又因失去媽媽的愛也徬徨無助。

如果沒有妹妹的存在，也許 Ida 本來還可以一個小孩的身分，依偎在媽媽懷裡撒嬌享受親情，互相安慰。但此刻妹妹不但存在，還討人厭的嚎啕大哭，情勢逼迫 Ida 百般不情願扮演起小大人角色，可以說她是因為這「第三者」介入才失去了母親的愛。暫代母親將她抱在懷裡，但她心情是無奈沉重的，可能還多了幾分怨恨，幾乎可以聽到空蕩蕩的心底

傳來一聲嘆息的迴響，需要被滿盈的愛填補。明明還是小孩，為什麼一夕之間被逼趕上大人角色的絞架，從天堂掉到地獄？對 Ida 而言，始作俑者必須除之而後快。二個戴帽子的生物已拿著梯子往畫面左邊去，圖畫中那 Jennie 死後陪在 Sendak 生命的寵物看門狗，看似威嚴卻曖昧地沒有任何警覺。這危險是內在的，一個不可能引起牠注意的幻想，超過了牠所能介入的範圍。

　　Ida 逃避無門。耽溺在神遊中斷絕一切現實聯繫的媽媽，已忘卻嬰兒的哭泣，麻木於 Ida 對情感接觸、協助，與情感保證的需求。視覺上，包裹著嬰兒的白布巾已垂掉地上，Ida 轉頭看著沒有能力撿起來的帽子；心理上，她將面臨的責任已超越她原本就自顧不暇的心理承受極限，滿溢出來。Sendak 書裡的大人似乎是一向的無能或不重要。媽媽自己沒有心思去處理嬰兒的哭泣，卻殘酷地丟給年幼的 Ida 代她承受，因為她根本無禮地對兒童的感情視若無睹或擺明了無能為力。說來 Ida 是承受了二倍於媽媽和妹妹的情緒壓力，既難過失去父母的愛，又有須強自收拾悲傷照顧妹妹的不平引起的憤怒，她已瀕臨爆發點，很快會破壞內心原本的平靜，現在她須要像 Max、Mickey 一樣找到一個方法渡過。

　　早已脫離嬰兒階段無罪幸福狀態的 Ida，已能經驗到焦慮與罪惡感。但也是在這產生意識的同時，兒童才能開始發展出道德良知，傳承個人的責任感。如果 Ida 能克服這一切，

隨著責任感的超越，最重要的，稍後她將進入「愛的能力」完成。現在，在學會愛之前，過程中須先處理性格「陰暗」面出現的各種壓抑，以及隨之而來的神經症（Rollo May（著），傅佩榮（譯），2001：26）。用她妒恨的陰暗面幻想找尋情緒出口，反抗媽媽，戴帽子的生物已經登上往房間的階梯，牠們將在使討厭的妹妹消失這件事上，助以一臂之力。吹著她喜歡的喇叭，Ida 選擇個人愉悅抒發自己，逃避強迫性的責任，理都不想理嬰兒。但這奇異的樂器在 Ida 手中有像魔笛一樣的馴服力量，安撫了嬰兒的情緒，引得嬰兒神往，破涕聆聽。

諷刺地，在 Ida 終於可以自由玩樂器而不用照顧妹妹的這瞬間，那戴帽子的生物找到伺機而動的機會了。這妖怪具體化了 Ida 自我中心的黑暗面，牠們給了 Ida 她的秘密慾望，一個沒有對嬰兒的責任的生活。但牠們也呈現了無法控制的慾望，因為牠們可以輕易拿走牠們想要的（Jones，1997：379）。此時整個畫面色調從明亮的暖黃綠色，轉為陰森恐怖的暗青綠色；光明的地上現實世界，馬上就要轉入陰暗的地下無意識國度了。也許不知珍惜，將使要愛時常常已來不及。

Sendak 給了 Ida 這個兒童藝術家一把連結她和浪漫時期德國民俗歌曲的樂器，她已經掌握眾人皆知的困難樂器達到驚人的精鍊程度，Ida 把更多的太陽花和玫瑰吹進房

間，陶醉在自己掌控大自然的創造力成果帶來的快樂。這種把自己心中獨一無二的想像內容生動地體現出來，以直接當下的具體途徑展現新形式與新象徵的，就是藝術家。這藝術家被困在愛與恨交織的衝突時刻。她愛父親、母親，甚至妹妹；但同時她既被這出海的爸爸、夢遊似的媽媽牽絆住，也被像老鼠藥一樣討厭的妹妹拖累住。像大部分家庭裡的長子一樣，她是無限沮喪的。有誰考慮、關心過她的感受？好，她是長女，她會承受，她很勇敢，她是正常的，但她恨那可鄙小人並希望她死掉的時刻到了。

在媽媽沒有看到的瞬間她希望妹妹死，以便單獨享有媽媽的愛，幻想就這樣發生了。當她想到她沒有照顧妹妹，回過頭來擁抱她，卻只發現妖怪留下來代替真嬰兒的冰小孩。這人類小孩的矛盾情結最終將如何安置、解決？事實上，藝術家是關心、傾聽，及表達自己生命內部景觀的，她有所謂對諸神採取主動戰鬥的真正創造力。就像希臘神話與猶太教及基督宗教的神話同時都告訴我們：創造性與意識都是在反叛一個全能的力量時，才得以誕生。就算身為長女，Ida 也不是逆來順受接下責任，她心中有諸般不平、壓抑、抗爭，只是面對喪失意識的媽媽，她一點輒都沒有。凡是具有創意的藝術家，都須對抗既成社會受到廣大民眾膜拜的「實際的」（相對於理想的）神明、偶像，與這些代表冷漠無情、剝削

勢力的神對立。黑格爾（Hegel）聲言這是「向上走的墮落」，因為如果沒有這種經驗，就不會出現我們所知的創造力與意識（Rollo May（著），傅佩榮（譯），2001：27）。

　　Ida 真正的妹妹在身邊吵鬧時，她感覺包袱累贅，現在妹妹被調包失去了，她才為時晚矣抱著假的醜陋冰小孩，也許是愧疚的說：「我好愛妳」。付出感情的時機、對象已經不對，連她自己都顯得兩眼無神，加上不可能回應她的冰小孩，那情景毋寧是令人噁心不悅的。這是她不甘願承擔責任、故意忽略責任的後果，而這遺憾可能是永遠無法挽回的。她房間的窗戶是 Sendak 另一個進入幻想的入口，進入可以投射 Ida 騷動情緒的無意識界。此時窗外的樹已變成幻想的汪洋大海，在以為擁抱所愛下，Ida 內心理性的文明船隻風平浪靜地航行。

　　愛的反面不是恨是冷漠，厭惡妹妹的情緒不會比單方面擁抱妹妹卻情感阻絕沒有交流更駭人可怕，形同抱屍。隨著冰塊溶化，Ida 發現妹妹被誘拐，驚恐下她的憤怒燃起。終於明白失去大人的關注，更重要的，手足之間還能相依為命、相親相愛，也許來得更實在。Ida 清醒了，在嚴重的錯誤衝擊之下，她的意識恢復清明，原本在利他的責任與利己的享樂之間掙扎的情緒雲霧撥開，突然真正感受到責任之外表徵的是更深層的愛，不是被迫，是出自天性，血脈相連的手足情。喚醒無意識，更多的大自然太陽花壓倒性地擴張進

入房間，其他的自然威力也以雷打電閃之姿轟響，擊垮航行的文明船，阿波羅的結構，理性目的象徵的人類結構，掀起了感情世界排山倒海的驚濤駭浪，足以毀滅一切。這是 Ida 愛的強度。

在陀思妥耶夫斯基筆下，人心是一個戰場，慾望和人性的美一直進行著激烈的搏鬥。我們容易忽略美，因為美溫柔脆弱，往往又與人類的苦難聯繫在一起，不易被發現。Ida一開始對媽媽和妹妹是憤恨的，媽媽有媽媽的弱點，妹妹有妹妹的弱點；陀思妥耶夫斯基呼籲，要熱愛生活，在接納快樂和幸福的同時，也不迴避苦難與瑣屑，要為每一個生命祈禱。他最基本的指歸，便是對人的肯定（汪劍釗，2002：57）。面對危機，Ida 終於肯定了妹妹雖不完美，但真實的愛當前可以包容一切，何況她自己也是有弱點的。羅丹：「美是到處都有的。對於我們的眼睛，不是缺少美，而是缺少發現。」發現美的一種最強大的能力就是愛。美在死亡面前迸發出燦爛的光輝，最後穿越死亡而復活。

沉睡的愛甦醒了。藉由一個人活在世界上，為了滿足自己存在而展現的這種最基本創造力，Ida 在創造性行動帶領下將遭遇新的事件，付出無比勇氣最終超越死亡的局限。這是情感上最高度健康的表現，也是正常人實現自我的作為。如同 Max、Mickey，Ida 被賦予驚人的情緒力量，代表她幻想能量的太陽花，像 Max 的森林般狂野地長進這十八世紀的房

間。Sendak 以高度誇張的歌劇姿勢描寫這憤怒的音樂，像是愛的宣示，或要啟航的誓師，Ida 了解發生什麼事時高握拳頭唱著：「牠們偷走了我的妹妹！去當討厭妖怪的新娘！」

　　這裡 Sendak 畫了一個他自己童年的恐懼。「我記得非常小時看過一本書關於一個小女孩在暴風雨中被抓。她穿著一件巨大的黃雨衣和靴子，雨越下越大開始升高到流進她的靴子，而那就是我永遠會停下不敢看的地方。它把我嚇得太厲害，我從不知道小女孩發生了什麼事。」在重新面對自己童年恐懼的創作過程中，Sendak 有意無意進行了自我治療。下一頁中，Ida 穿上了媽媽的黃雨衣，通常這被認為是成人角色的象徵行為。Ida 無疑是希望扮演成人強有力的角色去解決困難，而旅程可預見是危險的，她需要成人愛的包裹。穿上媽媽的衣服，她也希望有媽媽溫暖的情感支持一路相隨，護佑她不受傷害。

　　愛是主動關懷被愛者的生命及成長，包含照顧，一切形式的愛都共有幾個因素：照顧、責任、尊重、了解。如果一個母親對嬰兒缺乏照顧，如果她疏忽哺育她、為她洗澡、給她身體上的舒適，則她用任何方法保證她對嬰兒的愛，我們都無法信以為真。Ida 的母親缺乏這種主動積極的關懷，即是缺乏愛。因為她缺乏對孩子的愛，因此自然缺乏照顧與關懷所意含的責任。責任的意義常容易淪為外在加給一個人的負擔、指派的任務，但實質意義上，責任是完全自動的行為，

因為我對另一個人所表現出來，及未表現出來的需要之關心，我自然會有主動體貼的回應。這份責任，母親推卸給了 Ida（佛洛姆（著），孟祥森（譯），2003：45~47）。

　　突然她幼稚的兒童形象被掩蓋了，成為一個氣質端莊的淑女，有了成熟穩重的外表。也許這種優雅也來自對她媽媽平日神態的模仿？但，雖有成人裝飾，雨衣顯然是太大了不合身，空虛地垂掛地上，Ida 皺縮在成人衣服裡的小身體被壓迫著。依佛洛依德的解讀：她無法填滿她媽媽的斗篷，就像她無法代替媽媽的角色（Cech，1995：231~232）。（參見：圖（三））而 Sendak 終究讓 Ida 登上戀母情結的競技場，因為她一肩扛起了母親麻痺並捨棄的父母責任，其決心和勇氣我們理應讚美。當然，無論 Sendak 的女英雄再有力量，她畢竟只是一個脆弱的小孩，須要被成人愛的小孩。從本來應該被疼愛的小孩，不得已轉變為一個要照顧別人的小大人，甚至要硬撐起不可能的成人任務，所以接下來她立即犯了一個「嚴重的錯誤」。

　　顯示了她是不成熟的，沒有先看好前進的方向就貿然行動，她以背部往窗外掉到拯救妹妹的反方向，她妹妹被抓走的地下世界暴風雨仍在狂飆。不過像所有小孩一樣，這是一個成長的機會，她永遠需要犯錯來找到屬於自己的方法。如果沒有在一個隱喻的衣服盤錯糾結裡試著理出頭緒，她永遠也不可能有洞察的光芒。在雨衣斗篷裡昏眩翻轉，Ida 以複

圖（三）

雜摺疊的黃雨衣當交通工具空降，無頭蒼蠅般盲目迴繞，找不到妖怪藏身洞穴的正確方位。因為在 Ida 這代表女性、兒童的旅程裡，一切事物是無組織、無計劃、不可知的：女性的月亮再次升起在這無意識的探險中，一直到她成功救出妹妹離開點著油燈的陰暗地下世界，代表陰性力量的月亮共連續出現在七幅跨頁中。

　　Ida 憑小孩的衝動、直覺、本能跳過幻想入口而導致麻煩，陷在像夢一般愚蠢的狼狽困境，這似乎不再是她能用神奇的喇叭魔法掌控大自然的狀況了。比起 Max、Mickey，她面臨的挑戰是更艱鉅、成人式的不可能任務，超出兒童能力範圍。不但要照顧自己，還要照顧另一個人，這次女英雄成為一個有弱點，需要幫助的小孩，須要成人從旁適時的指導。榮格說過：「夢是靈感。」做夢是高度發揮創造力與想像力的行為。意識的心理狀態造成的偏頗或緊繃，可以在無意識的夢中得到平衡補償。心靈像身體一樣，是一個能夠自我調節、維持平衡的系統，榮格認為「夢對於擴增意識所知有重要助益」，有益心靈整體健康（Stevens，2000：83）。

　　入夢之後所在的天地，可以說是一個魔法世界，任何事都可能發生，全不受自然界常律的拘束：我們在夢裡能飛，能跑到遙不可及的地方，能和動物交談，能和死去的人聊天，能看見奇特的變化。我們做過衝擊如此強大的夢以後，

會感覺必然是某種超乎渺小自我以外的力量在發生作用，而
自己只是輸送某種超自然力量的管道。夢中 Ida 得到一個融
合考驗、犯錯、改正的經驗。遠颺爸爸的歌聲從海上傳來，
象徵她直覺的智慧：

> 如果 Ida 在雨中後退
>
> （If Ida backwards in the rain）
>
> 將會再次翻身
>
> （would only turn around again）
>
> 用樂調抓住那些妖怪
>
> （and catch those goblins with a tune）
>
> 她會破壞牠們的綁架蜜月期
>
> （she'd spoil their kidnap honeymoon！）

　　水手爸爸給予的精神指引，告訴 Ida 她犯下了反方向進
行的錯誤。這男性、成人的聲音用一種「天上來的聲音
（voice-over）」的電影手法，從海上遠處傳來介入。他使
用的旋律是「神話含糊不清的語言（mystic babble）」，告
訴 Ida 要往前進「抓妖怪」，就必須「再次翻身」。這也是
One Was Johnny 裡 Johnny 發現的，以逆轉方向解決問題：
與其繼續漫無目的的飛，不如轉身面對你來的地方，也就是
說，面對你自己（Cech，1995：233~234）。

　　在父母親角色扮演的差異上，母親是我們由之而來的家鄉，她是大自然、是土壤、是海洋；父親則不再代表這種自然的家鄉，他代表著思想世界、人造事物，代表法律與秩序、格律、旅行與冒險。父親是教育兒童的人，他把走入世界的道路向兒童顯示出來。六歲以後的兒童需要父親的愛，需要他的權威與引導。相對於母親具有使兒童在生命中獲得情感安全保障的作用，父親的作用則是教導她，引領她妥善處理那些她面臨的問題（佛洛姆（著），孟祥森（譯），2003：65~66）。

　　接受忠告良言，Ida 在畫面上身體一百八十度旋轉成正確方向，豁然開朗。這代表男性、成人的方式，用護符般的咒語，保護兒童離開她不合理幻覺造成的感官窘境，進入超現實世界佔據一席之地，像一個內在調整者、解決謎題者，在女性、兒童世界的主觀與混亂中，協助糾正錯位的狀態，擔任解決問題的客觀者。《女性主義與心理分析理論》（Feminism and Psychoanalytic Theory）表明，男人是藝術家、創造家，在生活中冒險，有目標；女人則學會把自己限制在宿命裡，所呈現的是退步、被動、依賴、缺乏在世界的定位，西方中產階級家庭女兒發展自尊上，因此會對父親的出現有所認同（Chodorow，1989：33~34）。只以歌曲和稍後的信件方式出席，父親的教導和智慧仍無遠弗屆地對 Ida 發揮了影響力。

另一方面，榮格曾說：「不是我在活，是我被活。不是我做夢，是我被夢。」他認為他的能力不是自己的，而是來自另一個超越的源頭。這從縹緲虛空輸送而來父親的精神感召，有人認為是爸爸已死的暗示，是來自天上的保佑。其實「人人皆從自然界得到生命力」，兒童和原始民族尤其是天生的泛靈論者，這成人式的智慧，也是自然界用神話和夢境直接對主角的說話。這種潛意識的語言在弗洛依德看來是原始的、幼稚的，榮格卻堅信那是自然本性在說話。潛意識似乎樂於粉碎我們日常清醒時固執堅持的觀念，因此在突破過程中充滿劇烈動態。不僅知覺突然得到擴張，內心更出現一邊是清醒意識的思考，一邊是某種洞見試圖破繭而出的交戰。這種洞見誕生時，人將隨之感受到體現一個新觀念或新景觀時，不可自抑的滿足及喜悅。

此洞見一旦迸現，就是潛意識經驗突破進入意識層次時，自然會伴隨一層特殊光暈罩上世界，宛如視野清澈開闊起來。這是內在與外在世界共同展現的強度，使人剎那難以招架的「忘我」體現。的確，這種經驗看來像是一場夢，自我與世界的關係形成萬花筒般變化多端；另一面它會帶來更為銳利的知覺，使世界生動活躍，變得充滿活力。但洞見不是飄忽無所蹤，而是依循一種模式出現。單靠著「放輕鬆些」或「任由潛意識發展」不能完成突破。潛意識的各種層次中，唯有我們「全心投入」的領域才會產生洞見（Rollo May

（著），傅佩榮（譯），2001：69）。

　　身為一個成熟不足的小孩，當關愛的眼神忽略她，扶持她在這個世界成長的成人有力的雙手撒開，父親離去，母親形同虛位，Ida 所魂縈夢牽、如飢似渴需求的還能是什麼？除了充沛的愛。全心全意投入在感情的索求中，不曾須臾停歇的念念不忘，極可能就啟動了原型結構，並釋出其中塞滿的生命力。而當務之急是，她要從妖怪手中去救出心愛的妹妹，彌補她的虧欠。

　　泰勒認為，就這層意義而言，我們永遠在「孵」夢。「我漸漸發現，對於生命中的人與事能夠全心投入，懷有真正的熱誠與關注，是影響進化與個體化最重要的因素，比全心投入的事本身的影響還大。如果以伶俐而虛有其表的巧妙方式參與，事情本身的意義再深刻重大，終將因為心不在焉、注意力分散而無益於心靈發展。」（Stevens，2000：352）影響 Sendak 最深的詩人 Blake 曾花了數月時間開發新的版畫技巧，結果在夢中獲得已故的兄弟指點，醒來後用這個方式，一試就成功。這本書的精神指導父親莫札特，在全然放鬆或獨處的情況下，也會不自覺哼出日後譜寫成的美妙曲調來。強烈能量發動潛意識，Ida 得此無形天啟開悟，走出困境，亦非偶然。

　　《夢之解析》中引用希爾布蘭特（F.W.Hildebrandt）所言：「有時夢的創造編構技巧顯露的情感之深度與貼切、感

覺之溫柔、見解之清晰、觀察之入微、雋智之精彩，都是我們在醒著的生活中不敢有確定把握的。它將世間之美描畫成天堂的燦爛，用至高的威儀妝點自尊，把我們日常的憂懼呈現成最可怖的形狀，把我們的消遣樂趣變成最尖苛的笑話。有時候，當我們醒著，上述幾類經驗的衝擊仍未消退，我們不禁覺得，真實世界的生活絕不可能給我們等量的體會。」（Stevens，2000：344~345）

這股生命水泉流過遠古的迷宮，現代世界常掩住我們的眼與耳，讓我們蒙昧於它的美，散失它的聲音。在睡著時做夢，醒後如果能把夢境接續下去，就等於穿越直入那永恆迷宮的核心，真正揭示它的模樣，然後，這世界就立體地活了起來，突破藩籬進入意識。我們可能覺得自己變了一個人，周遭世界看來不一樣，一切都不可能回復到做夢以前的原貌了。像 Max 走進房間的森林、Mickey 掉下床穿過地板，Ida 從她安定的世界「往後掉」進幻想。這「在那遙遠的地方（outside over there）」的幻想世界，Sendak 說應該像鏡子反射一樣的讀出這本書真正的心理位置：「在這裡（inside in here）」（Cech，1995：232）。這是小孩的內在旅程。學到成人的處事方法，她得到超越，益發成熟，不再莽撞或意氣用事，一個小孩真的可以是小大人了。

聽從爸爸魔法歌曲的建議，Ida 向右轉身進入永恆的育嬰源頭：妖怪洞穴。卻發現在這發源地妖怪脫掉斗篷原形

畢露，原來牠們都「只是像她妹妹一樣的嬰兒」，這是一宗嬰兒綁架嬰兒案。Sendak 無意中暗示了嬰兒有時也會是像冰一樣冷淡，像妖怪一樣猙獰無理的？也許象徵了世上所有不被喜愛、不得人疼、惹人厭煩的嬰兒，一概都會被綁架轉為這地下洞穴中恐怖的「妖怪」，天涯淪落人的黑暗情緒能量便聚集成一個陰森大本營。牠們沒有名字，全都一樣的哭鬧不休、騷動喧鬧。Ida 的妹妹一旦經過「嫁」給妖怪的儀式，從此就將混雜同化其中，再無法辨識。但只要有 Ida 的愛，她妹妹的命運就絕不可能等同於這些沒人愛的妖怪，她就能從群眾中突顯出來，標示出為愛披澤的光輝個體性，被愛解救。

Sendak 對嬰兒的神秘本質很有興趣，他畫了八頁嬰兒的「瘋狂喧囂」來表現嬰兒的聲音、柔軟、善變形象。現在已再度充滿力量的 Ida，再度用她的喇叭吹著神秘誘惑的曲調，攪得牠們失速狂跳，「掉進湍急奔舞的河流」。Ida 用激烈的音樂進行陰影驅趕，像 Max 控制野獸一樣，她也能掌控負面的情緒能量了。從這陰暗的洞穴世界、籠罩嬰兒的陰暗能量、到 Ida 自己憤怒挫折、罪惡感、冷淡怠慢的陰暗內在，全都在她奇異喇叭時緩時急、震天嘎響的演奏下，一齊發生天崩地裂的摧毀瓦解，片片碎落了。

從 Ida 的喇叭聲開始，這些嬰兒妖怪就停止了原本的哭鬧不休，雖然嘴裡仍說：「可怕的 Ida。」但即使跳到不能

呼吸，又隨一陣天旋地轉狂舞跌進河裡，牠們臉上卻是一逕的幸福愉悅，甚至拍手玩樂起來。妖怪的硬殼在剝落。這河流是 Sendak 把讀者帶回的源頭：從現在的「這裡（here）」，把嬰兒妖怪送回包含時間源頭和時間終點的忘卻之川，永恆的「到處（everywhere）」（Cech，1995：236）。在盡情享受沐浴中，畫面色調溫柔輕淡了起來，「他」們已恢復澄淨、純真、柔弱的嬰兒本色。洗滌身上的陰暗，忘記地下世界一切的不快，牠們這人類社會缺乏愛的受害者、犧牲品，也要重新回到成人愛的懷抱。

　　把黃色雨衣一揮，Ida 謝幕式地鞠躬，功成身退。陰暗世界已經消失，重生發生了：陽光普照，粉紅光芒遍灑洞穴，暴風雨的雲層分開了，海洋再度平靜。和地下無意識世界的裸體妖怪區隔開來，妹妹穿著衣服「舒服的在一個蛋殼裡，像一個嬰兒一樣的低吟拍手」，從限制她的殼中釋放。憑藝術 Ida 真的從最初的地下世界帶回真正的嬰兒。

　　像 Sendak 其他的兒童一樣，她必須練習她的藝術，帶著兒童經驗惡夢元素的充沛精力，最終克服問題，證明原諒、愛心、耐心、自我犧牲的美好品質。Sendak 說孩子在生活每天的冒險中神話地求生存，就像在水中載浮載沉，最終他們會本能地到達安全的彼岸。Ida 自己的內心世界也雲開日出了，被與父母的愛隔離的焦慮恐懼，陰霾一掃而空。得到成人和自然世界無形的精神傳承，其實不是具體的指導，

這靈光乍現的火花迸發，還是來自她自己主動的體悟內化，才提升、蛻變為一個小大人的層次。

她仍然渴望愛，但如果現實不盡如人意，大人有大人自己的困擾，生存的掙扎，她能夠坦然諒解，自立自強。最後，達到一個具成熟愛的人的階段：她是自己的母親與父親！Ida 再次抱著妹妹，凱旋而歸，沿著微風吹拂河岸旁黑暗森林的小徑，經過只有幾塊石頭之遙的莫札特小屋。莫札特在書中是 Ida 的精神父親，因為是他透過音樂天才給予 Ida「狂暴跳躍（frenzied jig）」的旋律，在她需要的時刻幫助她，崩解黑暗元素。

跟隨著莫札特的音樂小徑，Ida 和妹妹回到媽媽身邊，掉在地上的二頂帽子還未撿起，時間的經過其實只在幾分鐘之內，媽媽剛從恍惚中醒來，根本沒注意到任何事，而嬰兒是安全的。恢復知覺的媽媽，首度與 Ida 視線交會，因為剛收到一封爸爸不是寫給她，而是寫給「勇敢聰明的 Ida」的信。可見 Ida 與爸爸的情感認同，可能是比與媽媽的相處要更親密，爸爸對她的教導影響更深遠。父愛要給予成長中的兒童一種逐漸增強的能力感，最後終至要允許她成為她自己的權威，而免除父親加給他的權威。而她也頗具雄性特質，吹奏激烈的喇叭曲調操縱妖怪時，她像個戰場上指揮奮勇殺敵的將領。

但，親愛的爸爸不是要媽媽照顧 Ida 和妹妹，而是要 Ida「為永遠愛她的爸爸照顧嬰兒和媽媽」。當 Ida 專心聽著來自父親的真實文字，媽媽第一次從情感凝滯的半死狀態復活，把手搭在她肩膀上，這是 Ida 第一次感受到與人的接觸。

小結：

沒有一個表面快樂的結局：沒有任何事改變。媽媽的手溫柔搭在 Ida 肩膀，表現像個當媽媽的樣子，但實際背負責任的仍是 Ida。繼續教妹妹走路的課程，生活已經恢復正常，再沒有妖怪潛行在後，連太陽花都更有秩序，較不狂野了。她什麼都可以就是沒有自由，甚至肩膀上扛了更大的重擔。Ida 的困境是到處可見受壓迫、受抑制、受忽略的小孩。父母親總承諾「有一天會在家」，但當下就是放任他們自生自滅，遺棄他們，這是童年的普遍狀況，童年的概念。最後一頁的 Ida 渺小到脆弱，似乎不能出發去那嚴苛的內在冒險。這是 Sendak 的重點，他逼迫我們思考，在這真實世界環境中，甚至連 Ida 這樣的魔法小孩最終都是有弱點的，逃不出大人的手掌心。

書末爸爸媽媽仍不能發揮父母的功能，他們的愛冷漠不變，但 Sendak 創造的神話一向要求我們相信自己和想像力，跟著 Ida 或 Mickey 進入事物驚人的底層，從他們所發現的找到解答。這些答案可能不會持續幾秒，但我們也知道，這些瞬間能

留住永恆和無窮的可能性。榮格的童年也曾在不快的外在環境下，自己做了小矮人藏在鉛筆盒裡，自己舉行火祭儀式，躲入一個魔法與儀式的秘密世界去；他深深相信心靈的內在世界是我們最寶貴的財產，「自然界珍貴且重要的秘密」。因此不管外在環境如何操控在大人手裡，Ida 的內心卻是自己做主，現在她的愛不但自給自足，甚至還有餘力照顧別人。

「這是小孩永遠自己生活的故事」，Sendak 說，「他們叫著要協助；父母在房間裡，而父母不知道如何協助。這是我的童年觀：小孩如此需要安全感，但他們是深深的孤單……他們不知如何說出那正啃噬著他們的恐怖。」（Cech，1995：241）爸爸永遠忙工作，媽媽永遠忙家務，他們在生活中也有自己的問題要面對，大人永遠不能理解孩子的心，這正是 Sendak 自己親身的體驗。他體弱多病的童年時光大多躺在床上，一個人打發時間度過無聊的一天，也感受到照顧他的姐姐散發的敵意。Sendak 獨自面對了無數無數的孤寂、被隔離的恐怖，不知如何求助，大人也不知道如何協助他的困境。

Max 回家後有晚餐等著他，是一趟平面的旅程；Mickey 輕鬆地掉進床，「cakefree」代表「carefree（快樂的）」的雙關語，故事是快樂的基調；Ida 回家的上升曲折小徑，則象徵了她經驗的困難，回到家發現沒有爸爸，只有他的信在等她，不是解除她的責任，而是加予她更大的責任。在幻想

世界時間是掌握在 Ida 手裡，但爸爸信中說「我有一天會回來」，她卻無法控制未來爸爸是否會更確定或更早回來。

故事以出色的方式結束：「這就是 Ida 所做的」。因為不能改變這等待、照顧的外在環境，她改變她自己。這是一個幻想故事驚人的結局，回應爸爸「再次翻身」、面對自己的指導，Ida 以一種合理、非魔法的方式向內尋找力量，變成熟（Sonheim，1991：97）。像 Higglety Pigglety Pop！一樣，Outside over there 也是屬於讀者層擴展到少年、成人的圖畫書，除了要求成人的愛之外，她們都已進一步學習到自己改變自己，主動付出愛，以終極的手段來達到生命的圓滿。

第五章　青鳥歸巢（結論）

　　基本上，在 Sendak 十本自寫自畫作品中，可窺出一個日漸成熟的軌跡曲線，他也漸漸找出屬於自己生命關注的核心議題。他所謂的三部曲：《野獸國》、《廚房之夜狂想曲》、《在那遙遠的地方》，的確有相當明顯的主題聯繫性，並在藝術層次上一層更進一層，深入後更深入。直到最後一本《在那遙遠的地方》出現，Sendak 真的已經隨著他書中的英雄主角脫了三層皮，經歷了一趟冰火衝擊的三溫暖，每一本書都為他瓦解掉一部分的心理癥結，是他的心理醫生所不能真正完成的。

　　當代表他內心世界的女英雄 Ida，以一個兒童的角色，靠著自我內心無意識與意識對話，內化、統整經驗與超經驗後，提升到具成人、理性力量的小大人，終致有能力辨識具體與無形、已知與未知，而拯救出妹妹；此時，雖然早已成年的 Sendak 滿臉落腮鬍，看似粗獷壯漢，但內心始終哭泣未長大的小孩，至此才破繭而出，幻成彩蝶，飛入陽光燦爛的天際：他成為一個真正的大人了。內心的小孩得到撫慰，創作的動力稍歇，他沒有強烈的內在焦慮需要宣洩了。也許我們再難看到 Sendak 自寫自畫作品問世，但至少我很欣慰，這位我因論文和他結緣，親密神交了幾個月的「老」朋友，在他人生黃昏期終得享內心平靜地度日，安享餘年。

　　奮鬥了一輩子，在他圖畫書的創作年歲中，不斷把自己封鎖在格林威治郊區的房子，拒絕意外的訪客、二十四小時以答錄機篩選電話、整日讓工作室中繚繞的音樂和桌下蜷曲的愛狗陪伴他創作，任情緒狂洩奔流，投射到童年潛意識的最底層去挖掘那不堪的蒼疤，耽溺在回憶的大海載浮載沉，讓地獄般的火焰痛苦地燒冶著他、熔煉著他。以此，他為世上的兒童與成人們創作出最深刻、精采的作品，我們得到的華美文本果實，是他血淚斑斑掙扎的結晶，令人深深不捨。他的書讓你內心沉重低吟、不忍釋懷，為他曾引起我們深處不被正視的一面、陰暗面，迫使你必得面對、動容。

　　也許像李澤厚在《美學四講》提出，在包含大量苦、辣的「醜」的作品中，乍看似乎很不舒服，但畫得太美、太甜，反而太假。這種作品細細品嘗後，會有滿足的餘韻，是充滿創傷的現代心靈的同構對應物。就哲學方面而言，Sendak 人物角色具有鮮明獨特性格，即等於為他個人、他意識的思想過程下定義。他角色追求真理的行為，邏輯上完全與過去的思想傳統無關，依笛卡兒的說法，越是不依賴傳統，越容易獲致真理。在幾十年之後，在不同的國家，Sendak 的個人內心迴響仍在引發著更多普遍性的共鳴，也挖掘出讀者深層的情感。這是一種迴蕩不止的撞動、壯動。沒有一個真正讀過他作品的人可以在闔上他的書之後，輕易轉身走開，假裝什麼都未曾發生。

　　即將為研究他作品的工作掩卷稍息，闔上書頁，圖畫書一幅幅的封面活脫脫的，都喚起我曾經投入的冥想、感情、理解；內心滿滿嘆息。「曾經滄海難為水，除卻巫山不是雲！」遭遇過一個如此般受苦、美麗、偉大的靈魂，能認識他，是我在這份論文所能得到最大的收穫。其實，搜羅到 Sendak 作品外文評論資料中，從若干段落引徵一直到通篇深入解讀，所談皆不超過他兒童的想像之有力、情感之真實。而我，做為一個細心、體貼的忠實讀者，在本論文中，已更進一步為他一生創作統整出一個完整、未被發現的主旨精神，做為回饋他偉大作品最好的方式。這精神，就是兒童竭力的吶喊：「愛我！愛我！愛我！」

　　許多人追尋能帶來幸福的青鳥，窮其一生跋山涉水，不辭辛苦，最後老來無望回返家鄉，卻發現青鳥從頭至尾就在家中，在自己的身邊。兒童自然也努力追尋屬於他們的青鳥，他們的幸福很簡單，也很難，就是父母全心的愛。十部自寫自畫作品，最足以代表 Sendak 精神主軸的就是三部曲。從標題名稱上：《野獸國》、《廚房之夜狂想曲》、《在那遙遠的地方》，無一不標示出某個地點，這巧合絕非偶然。它們全都是奠基於 Sendak 小時因病被隔離的孤單、怕死的恐懼，而一部比一部更富喻意、象徵、典故，解讀上一部比一部更隱晦、艱澀、困難。

　　Max、Mickey 都是被大人趕上床睡覺的隔離，Ida 是被無能父母冷漠的愛所隔離。進入想像世界後，Max 以當野獸之王發洩情緒後體會到父母的愛，Mickey 是在參與成人創作主動做出貢獻後體會到父母的愛，Ida 進一步得到成人精髓而成熟，直接讓自己成為自己的父母。但他們承受的隔離感是深重的，本來孩子最初看待自己，是透過母親的眼睛；最早說起自己，是用母親的情感意志語調。他通過母親對他的愛憐來界定自己和自己的狀態，他的價值彷彿是在母親的擁抱中形成的。在母親疼愛的行為和話語中，孩子的個性漸漸獨立、形成。透過母親教導孩子各種事物的名稱，引導他、滿足他，他才與外部世界聯繫起來，他才與世界合為一體，進入世界。

　　只是擔任這份工作的成人，卻往往以各種名義和方法對孩子行隔離之實：大人講話時就把孩子踢到一邊、自己還在看電視就叫孩子去睡覺、有人死去時把孩子帶開、心情不好就讓孩子自生自滅、工作時叫小孩不要來煩他……，小孩實際上是活在大人不斷的驅逐中，從這個角落到那個角落，尋找著自由呼吸的空間。那會造成焦慮不安；事實上，隔離是一切焦慮不安的根源。被切斷與外界的聯繫，無法運用自己的任何人性力量，意味著世界可以侵犯我，但我無力抵抗，即處於無望。

　　Mickey 因為力量不被承認，不能參與成人世界而憤怒。
就像《童年憶往》提醒我們，孩子是一個獨立的個體，不完
全是個被動的接受者，他們一直在與周遭人物環境互動，甚
至與成人互助或主動助人。人生來就是積極、主動、有主見、
有參與意願的一份子。千百年來得寵驕縱、任性放肆的孩子
不是沒有，可是白天看著父親操勞受挫，晚上陪著母親嘆氣
流淚的孩子可能更多。兒童一直在以另一種特殊的角度和立
場，積極、不歇止地參與他們所屬的社會互動（熊秉真，
2000：60）。當 Mickey 終於在想像中做出對成人世界創造
的一部分貢獻後，他心滿意足了。

　　總是認為兒童不聽話的成人，只想到保護他自己和他的
財產免遭兒童侵犯，顯然是沒有資格教兒童去愛的。我們應
該記住，現在如此深厚地愛我們的兒童終將長大，這種愛終
將消失。我們防禦這種愛，但我們將永遠再也找不到另外一
種與它相同的愛了（蒙特梭利（著），單中惠（譯），2003：
118）。除了隔離的孤獨，其實與大人相處周旋的過程也儘
是沮喪。沙特在「沒有出口」這樣一個奇妙的戲曲裡，讓其
中一個主角說：「地獄就是別人啊！」因為所有人都以別人
看自己的樣子來看自己為滿足，別人的目光是我們尋求自己
形象的鏡子。當別人的目光向我這邊轉過來，形勢將隨之一
變，我的世界便要悽慘地崩潰。

　　因為兒童的幼弱，他更需要在成人愛的眼神中照見自己的地位。回應別人的兩種態度：第一種是在別人的主觀面前將自己做為對象交出，由此而為別人的主觀效勞，企圖讓自己的主觀性全無。由於自己這邊不惜一切地給與，也會希望領受對方的全部，而這註定成為一種空洞的努力，必定遭受挫折。第二種態度則相反，企圖想將別人的自由主觀性滅絕。所以，或是讓別人奪取我的主體性，或是從別人那兒取回我的主體性，人與人之間的交往真是一場激烈的爭奪戰。但沒有這種衝突矛盾的結構為基礎，也就不能有「存在者」之間核心的交往，交往的真正成立不是一元性夢般的愛，而是千辛萬苦的交戰，愛便在其中（松浪信三郎（著），梁祥美（譯），1986：146~148）。

　　不過，成熟的愛並不屬於這二種極端之任一。孩子與大人的交往，是一場立足點不平等的艱苦拉鋸戰。人們只知道成人對兒童的愛，我們常常聽到「父母多麼愛子女啊！」或「教師多麼愛學生啊！」我們卻忽略兒童所愛的對象是成人，他們愛我們並想服從我們，兒童愛成人勝於愛其他任何東西。他總是需要成人在身邊陪伴他，而且很高興能引起成人對他的注意：「看著我！和我在一起！」通過愛，兒童實現了自我。阻礙成人去理解兒童的罪惡就是發怒。父母對他們生活中的一切都麻木了，一層硬殼在他周圍逐漸形成，除了無能地對兒童發怒，幾乎變得麻木不仁和冷漠無情。確

實，兒童的愛對我們是極重要的，他們可以去喚醒成人，幫助他們更好地生活！感受愛的撫摸！（蒙特梭利（著），單中惠（譯），2003：116~119）

　　但在大人以愛為名的管控下，孩子不會表達，求助無門，他的惡作劇、暴怒、忌妒、種種負面情緒展現導致大人不快。在這內在衝動的結果下，他須要工作，Sendak 兒童的工作是創造性的想像力，這工作創造出來的世界變得富有魅力和不可抗拒，能使他遠離使自己發生心裡畸變的歧途。因為兒童對環境熱愛所產生的敏感：但丁描述的「愛的智慧」，兒童充滿了與周圍環境聯繫起來那種不可抵抗的衝動。愛使得兒童能以一種敏銳和熱情的方式去觀察他環境中的東西，對他人不注意的事物產生敏感，並能向我們揭示他人尚未認識到的事物細節和專門特徵。

　　當 Max 藉由具備了強烈、佔據整個人心靈及肉體、瞬間即過特點的狂歡行為，而在暫時亢奮的狂歡迷亂狀態狀態下進行鬥爭時，他使外在世界消失了，隔離感亦隨著一同消失了。他變得具有非凡的力量，並能用自己的個性方式再現其天賦本能。這種本能像從地球中噴射出來的一股強有力的激流，能使人類得到更新，使他自己的生命得到更新。這是文明真正進步的源泉（蒙特梭利（著），單中惠（譯），2003：117）。愛是一種積極主動的力量，應是在保存自己的完整性、保存自己的個人性之條件下的結合。Sendak 的兒童沒有

乖乖低下頭來，蹙眉抿唇，歸化為順民；反而為了捍衛自己的
主體性，以孩子無奈的方式，燃起怒火，似乎在高張旗幟爭取：
「我愛你，但我仍是我自己。」他們的自由意志不容脅迫泯滅。
《存在主義》主張自由的意義可分三個不同的方向：

> 第一、能照自己的意志或自己的自然性來活動來生
> 　　　長，不受任何強制的狀態，就叫自由。
> 第二種自由……人在自己所屬的國家或社會中，在其歷
> 　　　史、社會條件的基礎之下，能夠按照自己所希望
> 　　　的來行動，而不受到外界的強制或拘束。
> 第三、是含有哲學意義的自由。……在於排除內在的強
> 　　　制或拘束。一個人只要是為自己的情念或慾望所
> 　　　苦惱所左右，這個人就不是自由的，像喜怒哀樂
> 　　　愛憎等等這些無限的情念之暴風雨是可以憑著
> 　　　意志或理性的力量來自制的──這是自古以來
> 　　　大多數哲學家所提起的自由（松浪信三郎（著），
> 　　　梁祥美（譯），1986：126~128）。

　　我們在 Sendak 自寫自畫作品裡見識到的有力兒童，憑
堅強意志創造飛天遁地的自由世界，然後愉悅有效地平息情
緒波濤，顯然是高度表現了第三種自由。靠自己逃脫隔離
感、箝制感，Sendak 的兒童透過創造性的想像力，主動化解
連大人都解決不了的問題，在短短幾分鐘時間內回到現實世

界——帶著愛回來。他們是有著真實情緒與強烈情感需求的兒童，發出的訊號無非是「我要愛，給我愛」的吶喊。狐狸告訴小王子：「因為你把時間投注在你的玫瑰花身上，所以，她才會如此重要。」佔據兒童生活重心的成人自然是他們生存最重要的倚靠，情感之所繫。孩子對父母猶如小王子對待玫瑰花的忠誠，玫瑰花的影像因他而發光。「你必須對那些你所馴養的東西負責」，Ida 的母親失去了對孩子愛的負責，是不道德的行為（聖艾修伯里（著），姚文雀（譯），2000：88）。

兒童比成人更懂愛，並不像粗心的成人常會以為他們沒有明確清晰的感受性、不會受傷，所以可以草率、魯莽對待他們，反正他們感情駑鈍；事實正好相反。我們之所以常忽略他們有真實感情的事實，只是因為他們無法言傳心聲。托爾斯泰就認為對所有人均有好意，這種情緒是孩子固有的。這是一種理性的、明朗的，是孩子和理性的人所固有的，平靜快樂的情緒。成年人只有在徹底棄絕了個體的幸福時才會產生這種情緒，這是愛的開端、愛的根基，不像一般人以為是淹沒了理性的感情爆發或決堤（托爾斯泰（著），許海燕（譯），1997：153~154）。

表現在生命活動本身的歡樂就是愛。兒童日常之樂流露出的是自發、自足、自主的精神，相形之下，童年之苦，悲傷、恐懼、傷痛，卻多半受客觀人、事環境影響。就像幼年

時期兒童對一切活動寄予的無限活力熱情、沒來由的快樂狂喜，那時人的心靈還沒有被現在充斥於我們生活中的各種謊言所堵塞，那是一種幸福的平和的感情。這也就是能解決人生命一切矛盾，能給人以最大幸福的感情：愛。愛是人唯一的理性活動，把別人看得比自己更重，愛別人勝過愛自己動物性的個體。在 Mickey、Ida 獲得愛的過程，首要便是先學會給予，而非接受。對於那些創造性性格的人來說，給予具有完全不同的意義，給予是能力的最高表現。

　　正是在給予行為中，我體驗到我的力量、我的豐饒、我的能力。這種充盈高漲的生命力和能力使我充滿喜悅，我體驗到自己在滿溢、分施、生氣勃勃，因之我是歡樂的。有能力給予比弱勢地接受更值得歡樂，因為在給予的行為中，表現著我蓬勃的生命力（佛洛姆著）孟祥森（譯），2003：41）。安徒生知道，一個人最痛苦的時刻，是對真理的一知半解。只要仔細觀察，就會發覺所有人類，其實都處在理解愛的吊兒郎當「過渡」狀態中，以致始終痛苦，無法超越出來。

　　當大多數人都認為，母愛是與生具來，男女情愛是一見鍾情的自然發生，並非自己的意志所能控制，佛洛姆卻認定愛是一門需要學習的藝術。除非是以極大的努力去發展整個人格的完整性，並因此獲得建設性的人格發展方向，否則在愛上所做的一切努力，註定要失敗。Jenny 是先無條件幫助嬰兒完成自我後得以自我實現、Mickey 是在幫助成人獲取

材料時感悟到愛的完整包容、Ida 是在承擔責任的過程中突破極限提升到成人的有力境界。他們有愛及鄰人的真誠謙卑之情、勇氣、信心和格律，因此才能在索求成人的愛之外，在自己的愛中獲得滿足。

佛洛姆指出，如果能對一個人說「我愛你」，則必能夠說「在你之中我愛一切人，通過你，我愛全世界，在你生命中我也愛我自己。」不是一般人只愛單一對象的，形同擴大了的自私的愛，Sendak 書中小孩對溫馨的愛充滿堅強意志、虔誠信仰。托爾斯泰：「沒有愛心的，仍住在死中」。只有愛的人才是活著。在陀思妥耶夫斯基看來，當人與現實發生矛盾、發生不可協調的鬥爭時，恰恰是他對美的需要達到最大極限的時候，因為這時美能為他帶來最渴望的寧靜與和諧，美是人類永恆的理想。那麼，人如何抵達美呢？陀思妥耶夫斯基指出的道路是通過愛，這種愛的人間表現，便是人和人之間的相互同情、寬恕和諒解，在必要時，甚至是自我犧牲。

Jenny 為了嬰兒而把頭伸入獅子嘴裡自我犧牲、Mickey 寬恕了曾險些讓他葬身烤箱的無知成人、Ida 成熟諒解了父母的無能困境，不再一味索求，試著付出。美無所不在，如陀思妥耶夫斯基說，它棲身於世間萬象之中，而它最集中的體現，便是人。美是人類存在的意義，人類憑藉它向著神性的世界飛升（汪劍釗，2002：56~57）。捕捉愛的青鳥，所

有的奇蹟都能實現，甚至連復活的奇蹟也會出現。包曼夫人
《美女與野獸》故事中，可愛善良少女愛的魔法可以解開醜
陋瀕死野獸受到的詛咒，變回瀟灑英俊的王子；成人豐盈的
愛同樣也能解救半個地球：兒童世界，使未來的主人翁得到
幸福。

　　人一生能追尋多少夢想？歲入中年，唸兒童文學的我們
其實心底仍有青春不死，就以這篇論文作為我誓師追尋青鳥
的起點！

參考書目

【中文部分】

◎ 書籍（中文創作）：

李澤厚
　　1999.8　《美學四講》。台北：三民書局。

林良
　　2000.7　《淺語的藝術》。台北：國語日報。

金惠敏等（編）
　　2001.1　《評說"超人"》。北京：社會科學文獻。

范銘如
　　2003.3　〈台灣新故鄉──五〇年代女性小說〉，《眾裡尋她──台灣女性小說縱論》。台北：麥田。

黃武雄
　　1994.7　《童年與解放》。台北：人本教育基金會。

黃煜文
　　2000.6　《傅柯的思維取向──另類的歷史書寫》。台北：台大。

傅偉勳
　　1990.11　《西洋哲學史》。台北：三民書局。

彭懿

    1998.12　《世界幻想兒童文學導論》。台北：天衛文化。
熊秉真

    2000.8　《童年憶往》。台北：麥田。
劉康

    1995　《對話的喧聲》。台北：麥田。
關永中

    1997.4　《愛、恨與死亡》。台北：臺灣商務。

◎ 書籍（翻譯作品）：

久德重盛（著），陳蒼杰（譯）

    1987.2　《缺愛症候群》。台北：文人。
毛里斯・梅特靈克（著），張臺青（譯）

    2000.5　《青鳥》。台北：人本自然文化。
巴赫金（著），李兆林等（譯）

    1998.6　《拉伯雷研究》。石家莊：河北教育出版社。
巴赫金（著），曉河等（譯）

    1998.6　《哲學美學》。河北：教育出版社。
布斯卡里亞（著），王俊雄等（譯）

    1985.2　《生活・愛・與學習》。台北：道聲。
托爾斯泰（著），許海燕（譯）

    1997.7　《人生論》。台北：志文。
托爾斯泰（著），耿濟之（譯）

    2000.5　《藝術論》。台北：遠流。
托爾斯泰（著），草嬰（譯）

    2002.5　《童年・少年・青年》。新店：木馬文化。

艾絲特・布赫茲（著），傅振焜（譯）

　　1999.7　《孤獨的呼喚》。台北：平安文化。

安東・德・聖艾修伯里（著），姚文雀（譯）

　　2000.6　《小王子》。台中：晨星。

休謨（著），關文遠（譯）

　　2002.7　《人性論》。香港：商務印書館。

佛洛伊德（著），林克明（譯）

　　1971.03　《性學三論・愛情心理學》。台北：志文出版社。

佛洛伊德（著），賴其萬、符傅孝（譯）

　　1972.10　《夢的解析》。台北：志文出版社。

佛洛姆（著），莫迺滇（譯）

　　1984.3　《逃避自由》。台北：志文。

佛洛姆（著），劉福堂（譯）

　　2001.12　《愛的藝術》。桂林：廣西師範大學出版社。

佛洛姆（著），孟祥森（譯）

　　2003　《愛的藝術》。台北：志文。

松浪信三郎（著），梁祥美（譯）

　　1986.1　《存在主義》。台北：志文。

叔本華（著），張尚德（譯）

　　1989.10　《人生的智慧》。台北：志文。

叔本華（著），劉大悲（譯）

　　1992.5　《叔本華選集》。台北：志文。

阿德勒（著），劉樂群（譯）

　　1997.10　《人類面臨的挑戰》。台北：志文。

河合隼雄（著），唐一寧（譯）

　　2000.5　《童年之惡》。土城：成陽。

保羅・亞哲爾（著），傅林統（譯）

　　1999.7　《書・兒童・成人》。永和：富春。

E.H.貢布里希（著），范景中等（譯）

　　2001.01　《秩序感──裝飾藝術的心理學研究》。長沙：
　　　　　　　湖南科學技術出版社。

葛魯嘉・陳若莉（著）

　　2000.11　《文化困境與內心掙扎》。台北：貓頭鷹。

蒙特梭利（著），單中惠（譯）

　　2003.03　《童年的秘密》。永和：上游出版社。

瑪格麗特・米德（著），周曉虹，李姚軍（譯）

　　2000.5　《薩摩亞人的成年》。台北：遠流。

厨川白村（著），林文瑞（譯）

　　1989.8　《苦悶的象徵》。台北：志文。

奧德嘉・賈塞特

　　1975.8　《哲學與生活》。台北：志文。

Johnson J. E.等（著），吳幸玲、郭靜晃（譯）

　　2003.4　《兒童遊戲──遊戲發展的理論與實務》。台北：
　　　　　　揚智文化。

May Rollo（著），傅佩榮（譯）

　　2001.10　《創造的勇氣》。新店：立緒文化。

Philips Adam（著），江正文（譯）

　　2000　《育嬰室的野獸》。台北：究竟。

Philips Adam（著），王麗娟（譯）

　　2000　《恐懼與專家》。台北：究竟。

Stevens Anthony（著），薛絢（譯）

　　2000.4　《夢：私我的神話》。新店：立緒文化。

Stevenson Leslie（著），袁榮生（譯）

　　1993.2　《人性七論》。台北：台灣商務印書館。

Watt Ian（著），魯燕萍（譯）

　　2002.2　《小說的興起》。台北市：桂冠。

◎ 期刊：

汪劍釗

　　2002　〈美將拯救世界──《白痴》與陀思妥耶夫斯基的末世論思想〉，外國文學評論，No.1。

宛小平

　　2002.5　〈叔本華和朱光潛早期美學〉，安徽大學學報（哲學社會科學版），第 26 卷第 3 期。

威廉・梅比爾斯（著），馬祥來（譯）

　　2000.5　〈圖畫書符碼概論〉，兒童文學學刊，第 1 期。

郭鍠莉

　　2003.11　〈童年的美味／台灣本土兒童圖畫書中的飲食〉，兒童文學學刊，第 10 期。

蔡盛華

　　2004.8.15　〈圖畫書裡令人又愛又怕的怪物〉，國語日報：兒童文學版。

◎ 論文：

邱子寧

　　2001　鄭清文作品中的童年敘事（國立台東大學兒童文學研究所碩士論文）。

林珮棻
> 2004　圖畫故事書中的怪物（國立台東大學兒童文學研究所碩士論文）。

郭鍠莉
> 2000　羅德‧達爾童書中的顛覆與教訓意涵（國立台東大學兒童文學研究所碩士論文）。

黃孟嬌
> 1998　莫里斯‧桑達克自寫自畫作品研究（國立台東大學兒童文學研究所碩士論文）。

黃慧珊
> 2003　兒童對幻想性圖畫書的反應（國立台灣師範大學人類發展與家庭學系研究所碩士論文）。

廖麗慧
> 2000　約翰伯　罕圖畫書研究（國立台東大學兒童文學研究所碩士論文）。

【英文部分】

Babbitt Natalie
1987　"Fantasy and the Classic Hero",Barbara Harrison &Gregory Maguire（ed）,Innocence & Experience：Essays & Conversations on Children's Literature. New York:Lothrop,Lee&Shetard Books.

Bawden Nina
1987　"Through the Dark Wood",Barbara Harrison &Gregory Maguire（ed）,Innocence & Experience：Essays &

Conversations on Children's Literature. New York:Lothrop,Lee&Shetard Books.

Bosmajian Hamida

1999　" Reading the Unconscious ： Psychoanalytical Criticism " ,in Peter Hunt （ ed ） ,Understanding Children'sLiterature.NewYork：Routledge.

Cech John

1995　Angels and Wild Things ： The Archetypal Poetics of Maurice Sendak. University Park ： The Pennsylvania State University.

Chodorow Nancy J.

1989　Feminism and Psychoanalytic Theory. New Haven and London ： Yale University Press.

Greene Ellin

1989　"Randolph Caldecott's Picture Books ： The Invention of a Genre" ,Touchstones ： Reflections on the Best in Children's Literature. Children's Literature Association.

Hazard Paul

1983　Books Children and Men. Boston ： The Horn Book, Inc.

Hillman James

1984　"A Note on Story" ,in Francelia Butler(ed) Reflections on Literature for Children. Library Professional Publications .

Hunt Peter

1991　Criticism, Theory, and Children's Literature. Oxford ： Blackwell.

Jones Raymond E.

1989　"Maurice Sendak's Where the Wild Things Are ： Picture

Book Poetry〞,Touchstones：Reflections on the Best in Children's Literature. Children's Literature Association.

Jones Raymond E.

1997　Characters in Children's Literature. New York： Gale Research.

Kovags Deborah

1991　Meet The Authors And Illustrators（Vol.1）.New York： Scholastic Inc.

Lanes Selma G.

1980　The art of Maurice Sendak. New York：Harry N. Abrams, Inc.

McAlpine Julie Carlson

1972　"Sendak confronts the 'now' generation〞, Children's literature（Vol.1）.

Rollin Lucy

1984　"The Astonished Witness Disclosed：An Interview with Arnold Lobel〞,Children's Literature in Education,（Vol.15, No.4）

Silvey Anita（ed）

1995　"An Invitation to the Feast of Twentieth-Century Children's Literature〞,Children's Books and their Creators. New York：Houghton Mifflin.

Sonheim Amy

1991　Maurice Sendak. New York：Twayne Publishers.

Taylor Mary-Agnes

1989　"Leo Lionni's Swimmy：Undetailed Depth〞, Touchstones：Reflections on the Best in Children's Literature. Children's Literature Association.

Waller Jennifer R.

1977　　"Maurice Sendak and the Blakean Vision of Childhood" ,
　　　　Children's literature（Vol.6）.

White David E.

1980,4　　"A conversation with Maurice Sendak" ,The Horn
　　　　Book Magazine.

國家圖書館出版品預行編目

追尋青鳥：莫里斯桑達克作品裡的兒童 /
　　江宜芳著. -- 一版
臺北市 ： 秀威資訊科技, 2006 [民 95]
　面 ；　公分. -- 參考書目：面
　ISBN 978-986-7080-19-6（平裝）

1. 桑達克(Sendak, Maurice, 1928-　　) -作品評論
2. 圖畫書 - 評論

874.59　　　　　　　　　　　95001933

 語言文學類　AG0038

追尋青鳥
～莫里斯桑達克作品裡的兒童～

作　　者 / 江宜芳
發 行 人 / 宋政坤
執行編輯 / 李坤城
圖文排版 / 郭雅雯
封面設計 / 羅季芬
數位轉譯 / 徐真玉　沈裕閔
圖書銷售 / 林怡君
網路服務 / 徐國晉
出版印製 / 秀威資訊科技股份有限公司
　　　　　台北市內湖區瑞光路 583 巷 25 號 1 樓
　　　　　電話：02-2657-9211　　傳真：02-2657-9106
　　　　　E-mail：service@showwe.com.tw
經 銷 商 / 紅螞蟻圖書有限公司
　　　　　台北市內湖區舊宗路二段 121 巷 28、32 號 4 樓
　　　　　電話：02-2795-3656　　傳真：02-2795-4100
　　　　　http://www.e-redant.com

2006 年 7 月 BOD 再刷
定價：200 元

讀 者 回 函 卡

感謝您購買本書，為提升服務品質，煩請填寫以下問卷，收到您的寶貴意見後，我們會仔細收藏記錄並回贈紀念品，謝謝！

1. 您購買的書名：＿＿＿＿＿＿＿＿＿＿＿＿＿＿＿＿＿＿

2. 您從何得知本書的消息？

　　□網路書店　　□部落格　　□資料庫搜尋　　□書訊　　□電子報　　□書店

　　□平面媒體　　□ 朋友推薦　　□網站推薦　□其他＿＿＿＿＿＿

3. 您對本書的評價：(請填代號　1.非常滿意 2.滿意 3.尚可 4.再改進)

　　封面設計＿＿＿　版面編排＿＿＿　內容＿＿＿　文/譯筆＿＿＿　價格＿＿＿

4. 讀完書後您覺得：

　　□很有收獲　　□有收獲　　□收獲不多　　□沒收獲

5. 您會推薦本書給朋友嗎？

　　□會　□不會，為什麼？＿＿＿＿＿＿＿＿＿＿＿＿＿＿＿＿＿＿＿

6. 其他寶貴的意見：＿＿＿＿＿＿＿＿＿＿＿＿＿＿＿＿＿＿＿

＿＿＿＿＿＿＿＿＿＿＿＿＿＿＿＿＿＿＿＿＿＿＿＿＿＿＿＿＿

＿＿＿＿＿＿＿＿＿＿＿＿＿＿＿＿＿＿＿＿＿＿＿＿＿＿＿＿＿

＿＿＿＿＿＿＿＿＿＿＿＿＿＿＿＿＿＿＿＿＿＿＿＿＿＿＿＿＿

讀者基本資料

姓名：＿＿＿＿＿＿＿＿＿＿　年齡：＿＿＿＿　性別：□女 □男

聯絡電話：＿＿＿＿＿＿＿＿　E-mail：＿＿＿＿＿＿＿＿＿＿

地址：＿＿＿＿＿＿＿＿＿＿＿＿＿＿＿＿＿＿＿＿＿＿＿＿＿

學歷：□高中(含)以下　　□高中　　□專科學校　　□大學

　　　□研究所(含)以上 □其他＿＿＿＿＿＿＿

職業：□製造業 □金融業 □資訊業 □軍警 □傳播業 □自由業

　　　□服務業 □公務員 □教職　□學生 □其他＿＿＿＿＿＿

To：114

台北市內湖區瑞光路 583 巷 25 號 1 樓

秀威資訊科技股份有限公司　　　收

寄件人姓名：

寄件人地址：□□□

（請沿線對摺寄回,謝謝!）

秀威與 BOD

BOD（Books On Demand）是數位出版的大趨勢,秀威資訊率先運用 POD 數位印刷設備來生產書籍,並提供作者全程數位出版服務,致使書籍產銷零庫存,知識傳承不絕版,目前已開闢以下書系:

一、BOD 學術著作—專業論述的閱讀延伸
二、BOD 個人著作—分享生命的心路歷程
三、BOD 旅遊著作—個人深度旅遊文學創作
四、BOD 大陸學者—大陸專業學者學術出版
五、POD 獨家經銷—數位產製的代發行書籍

BOD 秀威網路書店：www.showwe.com.tw
政府出版品網路書店：www.govbooks.com.tw

永不絕版的故事・自己寫・永不休止的音符・自己唱